검신급
공무원의
회귀

DECA
MEDIA

검신급 공무원의 회귀 1

초판 1쇄 2025년 9월 15일

지은이 자리 · **발행인** 김정수 · **고문** 이종주
발행처 데카미디어 · **출판등록** 2025년 4월 17일
주소 서울시 영등포구 당산로 214 · **E-mail** tradejjang0@gmail.com
유통 · 판매 관리 (주)행운사 · **Tel** (031)901-1137 · **FAX** (031)901-4140
E-mail luckybogo222@naver.com · luckybogo222@daum.net

ISBN 979-11-7513-028-9 (1권)
ISBN 979-11-7513-027-2 04810 (세트)

겁신급 공무원의 회귀

자리 퓨전 판타지 장편소설

1

차 례

Chapter 1

안수호의 입에서 검붉은 핏덩이가 후두둑 튀어나왔다.

눈앞이 흐릿했고 호흡이 가쁘다.

심장은 타는 듯 아팠고 내부 장기는 제각기 뒤틀리는 듯했다.

하지만 그럼에도 수호는 똑바로 서서 자루밖에 남지 않은 검을 들고 섰다.

보잘것없는 저항이었다.

세계 제일의 검신(劍神)이니 뭐니 해도 검이 없는 검신은 신도 무엇도 아니었으니까.

게다가 눈앞에 자신과 대적하고 있는 놈들은 모두 다 S급 각성자들.

아니, 그들은 보통의 S급 플레이어를 넘어서 세상에선 영웅이라 불리는 강자들이었고 그와 더불어 그 누구보다 자신에 대해 제일 잘 아는 동료들…… 아니, 전 동료들이기도 했다.

수호의 하잘것없는 모습에 세계 최강의 탱커라 불리는 알렉스 모건이 비웃음을 흘렸다.

"검도 부러진 놈이 허세는. 그러게 처음부터 우리랑 함께했으면 좋았잖아. 이래서 공무원들은 고지식하다니까."

공무원.

그것은 놀랍게도 수호가 사회에서 가진 공식적인 '직업'이었다.

수호는 '대한헌터협회' 소속 공무원으로 한국을 넘어 세계에서도 최강이라는 실력을 가졌음에도 불구하고 끝끝내 민간 길드가 아닌 공직자의 길을 택했다.

이유는 오직 하나.

과거, 게이트 때문에 가족 전부를 잃은 수호는 정말로 이 세상에 게이트의 완전한 종식을 원했으니까.

그때 누군가 깔깔 웃었다.

"그러게나 말이야. 아무리 검신이니 뭐니 해도 타고난 그릇 자체가 그 정도밖에 안 되니 이렇게 되는 게 아니겠어? 이래서 양복쟁이들은 딱 질색이라니까."

깔깔 웃는 여인.

그녀의 이름은 스즈키 엔도.

세계 최강의 마법사이자 동시에 마녀라 불리는 여자.

대마법사, 현자, 아크메이지 등등, 수많은 호칭 중에서도 그녀가 마녀라 불리는 이유?

그건 그녀의 주특기가 바로 맹독이었기 때문이다.

그런 그녀의 절기인 '만독'이 인간에게 쓰인다면 어떻게 될까?

수호도 별로 알고 싶지 않았다.

특히 자신의 몸으로 겪어 볼 생각은 더더욱이.

만독이 묻은 화살촉에 닿은 피부는 진작에 녹아내렸으며 전신이 난도질 당하는 듯한 고통은 여전히 끊이지 않고 이어졌다.

그럼에도 수호가 여전히 서 있을 수 있는 이유는 과거, 수호가 독의 마족, 베놈의 심장을 먹고 얻은 만독불침의 효과 덕분이었다.

'그게 아니었다면 내 몸은 진작에 전부 녹아내렸겠지.'

물론 마녀의 만독이라고 해서 치료할 방도가 아예 없는 건 아니었다.

만병통치약이라 불리는 S급 회복약, 엘릭서조차 치료하지 못하는 만독이었지만 이 세상에 딱 한 명, 모든 질병과 독에 대한 치유력을 가진 성녀급 치유사 이사벨라라면 치료가 가능했다.

그렇기에 수호는 자기도 모르게 이사벨라를 보았다.

"어머, 그렇게 보지 마세요. 저도 이번 작전에 동의해서 여기에 있는 거니까요."

그 말에 수호는 아무런 말도 하지 않았다.

애초에 기대도 안 했다.

정상적인 사고를 가졌으면 애초에 내 상처를 치료했겠지.

하지만 이사벨라는 그러지 않았다.

그녀의 말마따나 그녀는 저들의 제안에 동의한 상태였으니까.

참 위선적이라고 생각했다.

매일같이 희망, 사랑, 헌신 같은 말이나 지껄이는 주제에 결국엔 탐욕에 눈이 멀어 이 짓거리라니.

수호가 가쁜 숨을 몰아쉬며 물었다.

"부끄럽지도 않나? 너희들이 마수와 다를 게 뭐지?"

"적어도 인간을 학살하진 않았지."

수호의 물음에 대신 대답한 남자.

영국을 대표하는 영웅이자, 신궁이라 불리는 헥스 후드였다.

그가 아쉬운 표정으로 말했다.

"수호, 지금이라도 함께하겠다고 해. 난 네가 좋아."

좋기는 개뿔이나.

그런 놈이 내 등에 화살을 처박아?

아마 이번 작전에서 헥스가 없었다면 저들은 절대로 수호를 이 지경으로 만들지 못했을 것이다.

그도 그럴 게 헥스가 쏘는 화살은 소리도 바람도 그 어떤 기척도 내지 않은 채 조용히 상대를 암살하니까.

수호는 조용히 눈을 감았다.

슬슬 한계가 왔다.

제기랄.

이번에야말로 재앙이라 불리는 게이트들을 모두 정리할 수 있을 줄 알았는데.

아니, 5대 재앙이라 불리는 것들 중에 하나는 정리했다.

수호가 만독에 당한 시점은 다섯 재앙 중 하나를 쓰러뜨린 직후였으니까.

그렇기에 나머지 게이트도 모두 처리하고 드디어 인류에 평화라는 안식을 가져다줄 수 있을 줄로만 알았다.

그런데 이제 와서 배신이라니.

이유도 황당했다.

세상에 평화가 찾아오면 자신들이 설 자리가 없어진다나 뭐라나.

그게 말이나 되는 소리일까?

처음 그 제안을 받았을 땐 농담이라 생각하고 웃어넘겼는데 설마 그게 진짜였을 줄이야.

안일했다.

그때 확실하게 대비를 해 뒀어야 하는 건데.

"후우……."

그러나 이미 늦었다.

물은 이미 엎질러졌으니까.

수호가 긴 숨을 토해냈다.

시간이 얼마 남지 않았다.

내 몸은 내가 제일 잘 안다.

여기서 살 수 있는 가능성은 제로.

그렇기에 차분히 숨을 고르고 다시 겨눔세를 취했다.

분노 위에 평정을 덧씌웠다.

지금 내가 할 수 있는 건 남은 인류를 위해서라도 저놈들을 한 명이라도 더 데리고 가는 것.

그것이 인류의 영웅으로서 해야 될 마지막 도리라고 생각했다.

'……반드시 성공시켜야 한다.'

수호는 정신을 집중했다.

검은 부러졌다.

남은 검도 없다.

체력도 이미 한계다.

하지만 그 누구에게도 보여주지 않은 비장의 수가 아직 하나 남아 있었다.

원래라면 제대로 완성된 후에야 공개할 생각이었는데 현재 상황에선 달리 선택지가 없었다.

그 순간, 수호에게서 믿기 힘들 정도의 위압감이 뿜어지기 시작했다.

"큿!"

"쫄지 마! 저거 다 허세야! 다른 사람도 아니고 검신이잖아?"

위협을 느낀 알렉스가 바로 방패를 들고 미간을 찌푸렸지만, 스즈키는 하나도 무섭지 않다는 듯 코웃음을 쳤다.

그래.

그렇게 생각해라.

그리 생각하고 꼭 방심해라.

수호는 천천히 팔을 들어 올렸다.

손에는 칼날 없는 검자루가 쥐어져 있었고 위로 올려진 두 손은 이내 곧 빠르게 밑으로 그어졌다.

그 순간.

서걱!

날카로운 절삭음.

동시에 마녀의 목이 바닥에 떨어졌고.

"끄아아아아!!"

방패를 들고 있던 알렉스의 두 팔이 잘렸다.

하지만 검날은 분명 없었을 텐데?

직접 보고도 믿기 힘든 광경이었다.

"이, 이게 무슨!"

놀란 이사벨라가 뒤늦게 알렉스를 치료하려고 했다.

하지만.
"어? 왜? 왜?"
치료가 되지 않았다.
참 이상한 일이었다.
마녀의 만독조차 치료할 수 있는 치유사가 바로 자신일진대?
그 모습에 수호가 헐떡이는 숨을 삼키며 입꼬리를 끌어올렸다.
[신검합일의 경지에 도달하셨습니다.]
[검의 극의를 깨우치셨습니다.]
[무형검(SS)을 터득하셨습니다.]
[축하드립니다! 최초로 SS급 스킬을 터득하셨습니다.]
[시스템은 당신이 이룬……]
쏟아지는 알림.
그것을 본 수호의 눈이 커졌다.
몸이 곧 검이요.
검이 곧 몸이로다.
검을 추구하는 자라면 모두가 선망하는 신검합일(身劍合一)의 경지.
동시에 인류 최초의 SS급 스킬.
그랬다.
수호가 감추고 있던 비장의 수.

그것은 심검(心劍), 혹은 무형검(無形劍)이라 불리는 지고의 경지였다.

터득하기만 하면 공간조차 베어 버릴 수 있다는 진정한 검신의 경지.

'드디어 터득됐구나.'

알림을 본 수호가 비릿하게 웃었다.

그토록 바라던 경지에 도달했다.

그런데 하필이면 그게 지금일 줄이야.

아쉬웠다.

그리고 분했다.

마녀의 목을 자르고 알렉스의 두 팔을 자르는데까진 성공했지만, 그 이상은 기력이 허락되지 않았다.

수호는 주춤주춤 뒤로 물러났다.

그리고 까마득한 절벽 아래로 떨어지기 직전 저주하듯 모두에게 경고했다.

'절대로 오늘을 잊지 않겠다.'

허락된 시간이 전부 끝났다.

수호가 절벽 아래로 투신한다.

동시에 고통이 사그라지며 의식 또한 사그라진다.

허나 시스템 알림은 여전히 계속됐다.

[시스템은 최초로 초월자의 경지에 도달한 당신에게 더 강해질 수 있는 기회를 부여하고자 합니다.]

[안수호 플레이어의 시스템을 재부팅합니다.]

세상이 검게 변했다.

죽은 건가?

그런데 뭔가 좀 시끄럽다.

비명 소리, 그리고 부서지는 소리.

여긴 저승인 걸까?

수호는 시끄러운 소음에 천천히 눈을 떴다.

그러자 뜬 눈 사이로 밝은 빛이 들어오며 동시에 역한 냄새와 찢어지는 비명 등이 오감을 자극했다.

"실례하겠습니다!"

그때였다.

누군가 자신을 집어 들더니 냅다 달리기 시작한 건.

그 우악스런 손길에 수호는 자기도 모르게 정신이 번쩍 들었다.

그리고 눈이 마주친 건 다름 아닌 웬 남자…… 아니, 소방관이었다.

수호와 눈이 마주친 소방관이 말했다.

"깨셨습니까? 미전조 게이트가 발생했습니다. 그래서 부득이하게 옮기는 것이니 양해 부탁드립니다!"

미전조 게이트?

그게 왜?

난 분명 죽었는데?

수호는 꿈이라도 꾸는가 싶어서 빠르게 주변을 훑었다.

뒤집힌 아스팔트 도로와 반쯤 꺾인 가로등.

그리고 그 아래를 헤집고 다니는 신장 100cm 정도의 녹색 괴물들.

고블린이었다.

'고블린?'

놀라운 점은 그뿐만이 아니었다.

그 뒤에 보이는 간판 하나.

그것은 더 이상 볼 수 없는 어느 지하철역의 간판이었다.

'신도림역?'

어떻게 남아 있는 거지?

거긴 분명 게이트 폭주로 일대가 오염됐을 텐데?

그 순간 수호는 떠올렸다.

자신이 플레이어로 각성했던 순간을.

'설마?'

그때였다.

"끄아아악!"

소방관의 비명 소리.

그와 동시에 소방관이 앞으로 고꾸라지며 수호를 놓쳤다.

고블린이 쏜 화살에 맞은 것이다.

그 모습에 고블린들이 입이 찢어져라 웃으며 두 사람에게 접근해 오기 시작했다.

"어, 얼른 도망치세요!!"

자리에 굴렀던 소방관이 다급히 일어나 허리춤에 찬 소방용 도끼를 꺼내 든다.

하지만 박힌 화살 때문에 팔을 덜덜 떨고 있었다.

그 모습을 본 수호는 일말의 망설임도 없이 자리에서 일어나 소방관의 손에 들린 도끼를 빼앗아 들었다.

"잠깐만 빌리겠습니다."

"어, 어어? 지금 뭐 하는……!"

그러나 소방관이 채 말리기도 전에 수호는 도끼를 던져 접근해 오는 고블린들 중 하나의 머리통을 박살 내고 말았다.

콰직!

두개골이 부서진 고블린이 절명하던 그때였다.

[축하드립니다! 각성 조건이 충족되었습니다!]

[플레이어로 각성합니다.]

눈앞에 떠오르는 알림창.

플레이어 전용 시스템 창이었다.

그것을 본 수호는 자기도 모르게 실소를 터뜨리고 말았다.

그 옛날, 자신이 각성했을 때와 토씨 하나 틀리지 않고 모든 게 똑같았기에.

[시스템은 당신이 더욱더 강해지길 원합니다.]

[당신이 추구하고자 하는 힘을 선택하세요.]

[전사]

[마법사]

[궁사]

[치유사]

이어서 시스템 안내가 떠오른다.

그래.

플레이어로 각성하고 나면 반드시 직업을 하나 선택해야 하지.

그 물음에 수호는 자연스럽게 전사를 택하려 했다. 옛날에도 전사를 택해 검사의 길을 걸었으니까.

하지만.

"선택을 잠시 미룬다."

수호는 바로 선택하지 않았다.

대신 근처에 떨어진 쇠막대기 하나를 주워 다가오는 고블린들과 대적해 섰다.

그 모습을 본 소방관이 물었다.

"지, 지금 뭐 하시는 겁니까? 지금이라도 얼른 도망치셔야……!"

"쉿."

수호는 검지를 입술에 붙였다.

도망?

내가 왜?

상대는 기껏해야 잡몹 수준에 불과한 고블린일 뿐인데?

수호의 눈에 형형한 이채가 감돌았다.

만약 내가 지금 꿈을 꾸고 있는 게 아니고 정말로 과거로 돌아온 거라면 여러 가지로 확인해 봐야 할 게 있었으니까.

하지만 그전에.

'저놈들부터 처리하고.'

수호가 먼저 놈들을 향해 달려든다.

장인은 도구를 탓하지 않는다고 했다.

수호도 마찬가지였다.

이미 신검합일의 경지에 오른 수호였기에 어떤 물건을 잡아도 그것을 검이라고 생각하면 그것은 검이 되었다.

허나 과거에 비해 몸이 무거웠다.

플레이어로 각성했지만, 아직 직업 선택도 하지 않았고 스탯도 예전만 못했으니까.

하지만 그게 뭐 어떠랴?

상대는 고작해야 고블린.

고블린을 상대로 뱉는 불평은 전부 다 핑계에 불과하다.

적어도 수호는 그렇게 생각했다.

순식간에 고블린과 거리를 좁힌 수호는 일순 막대를 들

어 아래로 후려쳤다.

스걱!

날카로운 절삭음.

분명히 뭉툭한 쇠막대기를 휘둘렀을 텐데 고블린의 얼굴에 기다란 생채기가 만들어졌다.

쇠막대기 끝에 난 모서리 부분을 활용한 공격이었다.

그때였다.

[세로 베기에 대한 이해도가 매우 높습니다.]

[시스템이 당신의 재능에 대한 심사를 시작합니다.]

[축하드립니다! 세로 베기(B)를 터득하셨습니다.]

시스템 안내와 함께 세로 베기 스킬을 익혔다는 문구가 떠올랐다.

그것을 본 수호는 자기도 모르게 웃고 말았다.

그래.

이 세상에 나만큼 세로 베기에 대한 이해도가 뛰어난 사람이 있을까?

이런 현상은 어찌 보면 당연한 것이었다.

세상을 덮친 시스템은 얼핏 보면 빌런, 혹은 사악한 게임 도우미처럼 보이지만 녀석은 의외로 개개인에 대한 이해도와 관찰력이 뛰어나 보상 부여에 대한 공정함이 굉장히 높았다.

다시 말해 기술에 대한 이해도만 높다면 얼마든지 스킬

로 인정해 준다는 것.

'내가 무형검을 다룰 수 있게 된 것도 그런 이유 때문이었지.'

특별한 스킬을 얻어서 신검합일의 경지에 오른 게 아니었다.

수호는 검의 길을 택한 이후 하루도 쉬지 않고 강해지기 위해 검술을 연마했다.

그 결과, 세계 제일의 검호가 될 수 있었음은 물론 시스템의 인정을 받아 신검합일의 경지에 올라 무형검이라는 스킬도 터득할 수 있었던 것.

하지만 수호는 시스템의 결과가 조금 아쉬웠다.

검신이라 불리었던 자신일진대 시스템에게 부여받은 스킬 등급은 고작해야 B였으니까.

물론 이해는 됐다.

'겨우 한번 본 걸로 모든 걸 판단할 순 없을 테니까.'

특히 물리적인 기술 쪽이 그렇다.

그래서 아무리 출중한 재능을 가지고 있어도 시스템은 최초로 터득하는 스킬에 한해선 B등급 이상으로는 절대로 인정해 주지 않았다.

그러니 그 이상의 등급을 원한다면 그에 걸맞은 증명을 해야 한다는 말.

초심자의 행운이란 게 있을 수도 있었으니까.

수호는 이어서 막대를 가로로 휘둘러 옆에 있는 놈들을 베었다.

[가로 베기에 대한 이해도가 매우 높습니다.]

[시스템이 당신의 재능에 대한 심사를 시작합니다.]

[축하드립니다! 가로 베기(B)를 터득하셨습니다.]

세로 베기에 이어 가로 베기 스킬을 얻었다.

이번에도 등급은 B.

수호는 이어서 검을 창처럼 찔렀다.

[찌르기에 대한 이해도가 매우 높습니다.]

[시스템이 당신의 재능에 대한 심사를 시작합니다.]

[축하드립니다! 찌르기(B)를 터득하셨습니다.]

찌르기도 마찬가지였다.

이번엔 대각선으로 막대를 휘둘렀다.

[대각선 베기에 대한 이해도가 매우 높습니다.]

[시스템이 당신의 재능에 대한 심사를 시작합니다.]

[축하드립니다! 대각선 베기(B)를 터득하셨습니다.]

검을 휘두를 때마다 스킬이 생긴다.

그래.

여긴 내가 알던 그 세상이 맞았다.

그때였다.

[검술에 대한 전반적인 이해도가 매우 높습니다.]

[가로 베기, 세로 베기, 대각선 베기, 찌르기 스킬이 '검

술'로 통합됩니다.]

[축하드립니다! 기본 검술(B)을 터득하셨습니다.]

베기 세 종류와, 찌르기를 모두 스킬로 익혀 내자 그것들이 '기본 검술'이란 이름 아래 하나로 통합되었다.

당연한 수순이었다.

시스템에는 공식이란 게 존재하는데 특정 스킬들이 모이는 순간 효율을 위해서라도 자동으로 통합시켜 버리는 기능이 있었으니까.

하지만 이번에도 등급은 B.

그러나 차라리 이게 낫다.

여러 개로 분산된 스킬들보단 하나로 통합된 스킬이 레벨 올리기는 더 쉬웠으니까.

'기본 검술이라…….'

기본 검술이란 이름을 보자 옛날 생각에 피식 웃음이 났다.

그도 그럴 게 이름 좀 날렸다 싶은 검사들도 처음엔 기본 검술로 시작하여 자신만의 독자적인 검술 스킬을 만들어냈으니까.

그런 의미에서 수호가 사용했던 검술의 이름은 자신의 이름을 딴 '수호검'.

수호는 이번에도 당연히 수호검부터 만들어낼 생각이었다.

'아니, 만들 필요도 없지. 내 검술은 이미 그 자체가 수호검이니까.'

수호는 검을 몇 번 더 휘둘러 고블린들을 금방 처리했다.

그러자 새로운 시스템 알림이 떠올랐다.

[레벨이 올랐습니다.]

[모든 스탯이 1 올랐습니다.]

[보너스 스탯을 1개 획득하셨습니다.]

레벨이 올랐다.

아직 직업 선택도 전인데 레벨 업이라니.

그 모습에 당황한 소방관이 물었다.

"프, 플레이어셨습니까?"

"아직은 아닙니다."

"네?"

수호는 소방관의 되물음을 무시했다.

고블린의 시체로부터 전리품을 루팅 할 생각도 하지 않았다.

지금 수호에게 중요한 건 그런 게 아니었으니까.

대신 아까 전에 미뤄 두었던 직업 선택창을 다시 불러들였다.

[당신이 추구하고자 하는 힘을 선택하세요.]

[전사]

[마법사]

[궁사]

[치유사]

눈앞에 떠오른 직업 선택창.

나중에야 밝혀진 사실이지만 이 직업 선택창은 나중으로 미뤄도 됐다.

당장 선택하지 않는다고 해서 시스템적 불이익이 생기는 것도 아니었으니까.

그래서 미래엔 협회에서 만든 적성 검사를 거친 후에 직업을 선택하는 것이 상식이 됐다.

물론 수호는 전사로 시작해 검사가 되어 검신의 경지에 이르렀으니 처음부터 적성에 맞게 선택한 셈.

그래서 아까 전에 전사를 택하려고 한 것이다.

이미 걸었던 길이니 그 누구보다 빠르게 성장할 수 있겠다는 생각이 들어서.

하지만 이내 고개를 저었다.

아무리 이미 한번 걸었던 길이라지만 막상 중요한 순간이 되자 검신이란 칭호가 얼마나 힘없고 나약한지 알았기 때문이다.

'하다못해 만독만 치료할 수 있었어도…….'

독성 항체의 끝판왕이라 불리는 베놈의 심장을 먹었기에 맹독은 더 이상 자신의 걸림돌이 될 수가 없다고 생각했다.

하지만 스즈키의 만독이 만독불침을 뛰어넘을 줄이야.

그렇기에 수호는 자꾸만 치유사로 눈이 갔다.

'만약 내가 이사벨라 이상의 힐러가 될 수 있다면?'

물론 치유사는 약하다는 인식이 있다.

실제로 공격 스킬도 별로 없고 스킬의 대부분이 방어나 힐, 버프와 관련된 것들뿐이었으니까.

하지만 좀 전에 고블린들을 상대하며 손쉽게 검술 스킬들을 얻었다.

시스템의 공정한 능력 평가 덕분이었다.

그렇기에 그런 생각이 들었다.

이런 식으로 검술 스킬을 얻을 수 있다면 굳이 이번에도 전사의 길을 택할 필요가 있을까?

정답은 아니었다.

'재능을 기반으로 터득된 스킬은 클래스에 상관없이 자유로운 사용이 가능하다. 내가 좀 전에 검술 스킬을 얻었던 것처럼.'

하지만 치유사가 가진 능력들은 재능에 기반한다기보단 순수하게 시스템의 도움을 받아야지만 획득할 수 있는 것들이 대부분이었다.

아무리 신앙심 높은 자라 할지라도 단순한 기도만으로 환자를 치료할 순 없었으니까.

그렇기에 수호는 마침내 결정을 내릴 수 있었다.

[치유사를 선택하셨습니다.]

[정말로 치유사의 길을 선택하시겠습니까?]

시스템의 물음에 수호는 고개를 끄덕였다.

그러자 빛이 수호를 감싸 안았고.

[당신은 치유사가 되었습니다.]

[보너스 스탯이 5개 지급됩니다.]

[치유의 빛(F)을 터득하셨습니다.]

[진정한 플레이어가 되신 것을 축하드립니다.]

[시스템이 당신에게 작은 선물을 주고 싶어 합니다.]

[시스템의 무기고에서 무기를 하나 선택하세요.]

수호는 비로소 치유사가 될 수 있었다.

동시에 시스템이 자신의 무기고를 개방해 웰컴 선물을 지급하려고 했다.

수호의 선택은 당연히 검이었다.

수호는 적당한 길이와 무게를 갖춘 장검 한 자루를 선택했다.

[초심자의 검을 획득하셨습니다.]

정보는 확인해 볼 것도 없다.

최하급 공격력에 최하급 내구도를 가졌을 테지.

그래도 쇠막대보다 나았다.

수호는 이어서 자신의 상태창을 확인했다.

“상태창 확인.”

[안수호]
- Lv : 2
- 클래스 : 치유사
- 근력 : 2
- 체력 : 2
- 마력 : 2
- 감각 : 2
- 보너스 스탯 : 6

수호는 빈약하기 그지없는 자신의 상태창을 보았다.

과거로 돌아왔으니 당연한 결과였다.

수호는 잠시 고민하던 끝에 근력과 체력, 그리고 마력에 스탯을 2씩 투자했다.

마력에 보너스 스탯을 분배한 이유는 간단했다.

'결국 회복 스킬도 마력에 기반하는 거니까.'

세간에선 치유사의 스킬을 성법이라 부르고 마법사의 스킬은 마법이라 부른다.

하지만 시스템에 표기된 성법의 진짜 이름은 신성마법.

그래서 마력의 영향을 받는 것이다.

그렇기에 대부분의 치유사는 획득한 스탯의 대부분을 마력에 투자한다.

다른 스탯이야 레벨만 올려도 하나씩은 올라가니까.
하지만 수호는 그렇게 하지 않았다.
'내게 치유사는 보조 수단일 뿐, 여전히 메인은 검술이니까.'
물론 치유사로서 꽤 성장하고 나면 온갖 버프 스킬로 모자란 체력과 근력을 커버할 수도 있다.
하지만 그것은 나중의 이야기.
아무리 수호가 미래에서 온 검신이라지만 어느 정도 기본 스탯은 받쳐 줘야 전성기 시절의 힘을 낼 수가 있다.
스탯 분배를 마친 수호는 멍하니 자신을 보고 있는 소방관에게 다가갔다.
"아파도 조금만 참으세요."
"네? 끄윽!"
수호는 조금도 망설이지 않고 소방관의 몸에 박힌 화살을 뽑았다.
그러자 피가 울컥 쏟아져 나오기 시작했고 상처에 바로 치유의 빛을 사용했다.
[치유의 빛을 사용합니다.]
[지정된 부위가 회복되기 시작합니다.]
치유의 빛.
치유사라면 누구나 가지고 있는 아주 기본적인 스킬.
그렇다고 고레벨이 되었을 때 사용하지 않는 스킬은 아

니었다.

대부분의 스킬은 설명이 간단할수록 강력하고 직관적인 효과를 가졌으니까.

그 예로 이사벨라가 사용하던 '성령의 빛'을 떠올렸다.

'그 스킬도 시작은 치유의 빛이라고 했었지.'

이윽고 소방관의 상처가 모두 치료되자 소방관이 멍한 표정으로 수호에게 물었다.

"시, 심지어 치유사이셨습니까?"

"이제는요."

"네?"

"그럼 수고하세요."

상처도 치료해 주었으니 이제 더 이상 소방관과 노닥거릴 시간은 없다.

수호는 조금도 망설이지 않고 몸을 돌려 신도림역 사거리 한복판에 나타난 게이트 포탈을 보았다.

주변에는 여전히 고블린들이 활개 치고 있었고 상황을 보아하니 아직 헌터 플레이어들이 도착하지 않은 모양.

좋은 기회라고 생각했다.

출현 예측이 불가능한 미전조 게이트의 경우, 타이밍만 잘 잡으면 먼저 입장할 수가 있었으니까.

'내 기억이 맞다면 저긴 지금의 내 수준으로도 충분히 클리어가 가능하다.'

아무도 발을 들이지 않은 게이트의 경우, 게이트가 쏟아내는 마수들을 토대로 게이트 내부 환경과 난이도를 예측할 수 있다.

물론 수호는 저 게이트가 어떤 게이트인지 잘 안다.

과거의 수호는 하마터면 저 게이트 때문에 죽을 뻔했었으니까.

그렇기에 이번에는 자신의 손으로 저 게이트를 처리하기로 마음먹었다.

저긴 다른 관점에서 보면 수호의 목숨을 앗아갈 뻔한 원수와도 같은 게이트였으니까.

수호가 자신에게 다가오는 고블린들을 베어 넘기며 게이트 포탈에 발을 들였다.

[게이트에 입장합니다.]

[게이트 정보를 불러옵니다.]

[그린레드]

- 입장 조건 : 알 수 없음.
- 최대 입장 인원 : 알 수 없음.

짤막한 시스템 알림.

정보는 이게 전부다.

그도 그럴 게 그 누구도 입장하지 않은 미확인 게이트는 불친절하게도 플레이어들에게 그 정보를 밝히지 않았으니까.

그래서 다들 입장 전적이 없는 미확인 게이트는 도전하기를 꺼려 한다.

무턱대고 들어갔다가 상상 이상의 난이도와 맞닥뜨리면 그대로 죽음이었으니까.

이윽고 수호가 입장하자 게이트 포탈이 닫혔다.

이제 다시 게이트 포탈을 열려면 두 가지 방법뿐이다.

입장한 플레이어가 죽거나, 아니면 게이트를 클리어하거나.

하지만 수호는 자신이 절대로 죽을 거라고 생각하지 않았다.

여기가 꿈이든 현실이든 어디든지 간에.

게이트에 입장하자 주변 풍경이 바뀐다.

게이트 내부를 둘러보던 수호가 중얼거렸다.

"역시 똑같네."

과거에 봤던 그대로다.

덕분에 수호는 자신이 정말로 과거로 돌아왔음을 체감할 수 있었다.

수호는 시선을 옮겨 주변에 널브러진 고블린들의 사체를 보았다.

녹색 피부의 고블린 사체들.
녀석들은 호리호리한 팔다리에 배만 볼록 나와 있는 전형적인 고블린들이었다.
그런데 게이트 주변에 널려 있던 녀석들이 안에서는 죽어 사체로 발견되었다.
수호는 그 이유를 안다.
이곳에는 보통의 고블린이 아닌 특별한 고블린들이 포식자로 군림하고 있었으니까.
수호는 천천히 발걸음을 옮겨 이동하기 시작했다.
그러길 얼마간.
철퍽.
진흙 따위를 조심성 없이 밟았을 때나 나올 법한 소리.
지형이 바뀌었다.
바닥은 단단한 땅이 아닌 물기를 머금은 찰진 토양으로 변했다.
습기도 늘었다.
이런 환경은 그 녀석들이 가장 좋아하는 환경이었기 때문이다.
그때였다.
"케에에……."
"키이……."
스산한 울음소리에 고개를 돌려 보니 붉은 피부의 마수

두 마리가 이쪽으로 다가오고 있었다.

'드디어 나타났군.'

수호는 저들이 누군지 안다.

녀석들의 정체는 다름 아닌 홉고블린.

고블린과 외견은 닮았지만 피부가 붉고 체형이 더 크며 호전성이 짙다.

그렇다.

이곳 게이트의 이름이 그린레드인 이유.

바로 녀석들의 피부색 때문이었다.

녀석들을 발견한 수호가 바로 검을 빼 들었다.

그리고 곧장 녀석들을 향해 달리기 시작했다.

"키륵?"

"케륵?"

수호를 발견한 홉고블린들이 고개를 모로 기울인다.

자신들과 눈이 마주쳤음에도 불구하고 가까이 다가오자 잠시 사고가 정지한 것이다.

그러나 이내 호전성을 띠고 각자의 무기를 치켜들었다.

'그래, 그렇게 나와 줘야지.'

너희들이라면 안 피하고 바로 덤빌 줄 알았다.

수호는 놈들의 머리 위에 적힌 레벨들을 보았다.

- 홉고블린 Lv.10

- 홉고블린 Lv.12

한 자릿수에 불과하던 고블린들과는 달리 녀석들의 레벨은 자그마치 두 자릿수.

그러나 그게 어떻단 말인가?

레벨이 두 자릿수든 한 자릿수든 어쨌든 너희는 그저 한낱 고블린일 뿐.

그게 일반 고블린이든 홉고블린이든 그런 건 별로 중요하지 않다.

그저 내 눈에는 똑같이 벌레로 보일 뿐이니까.

수호는 녀석들을 향해 몸을 날렸다.

그러자 당황한 녀석들 모두 손에 쥐고 있던 무기를 먼저 앞으로 들이밀었다.

방어기제였다.

'그럴 줄 알았다.'

앞으로 몸을 날리던 수호는 순간 왼발을 앞으로 뻗어 땅을 짚으며 돌진을 멈췄다.

그와 동시에 오른발로 바닥을 튕겨 뒤로 한 걸음 물러났고 방어하기 위해 무기를 치켜든 홉고블린과 잠깐의 간극을 만들어냈다.

페이크.

수호는 임의로 확보한 간극 사이로 칼날을 창처럼 쑤셔 넣었다.

그러자 두 놈 중 한 놈의 눈깔에 보기 좋게 검이 들어갔다.

"케르윽!!"

수호는 거기서 그치지 않고 검을 한 바퀴 빙글 돌렸다.

레벨 차이로 인한 격차로 지금의 내 검은 놈들의 가죽을 베지 못할 수도 있다.

그렇기에 격차 따윈 보정되지 않는 눈깔을 공격한 것.

물론 이마저도 레벨 차이가 아주 높거나 마수의 특성이 월등하다면 불가능할 공격이지만.

'한낱 홉고블린 따위에게 무슨.'

검을 한 바퀴 돌린 수호는 바로 검을 빼냈다.

"케에에에!!"

칼을 돌려 얼굴 속을 진창 헤집어 놨으니 그로기 상태에 빠졌다.

죽지는 않았다.

눈깔 안쪽 좀 헤집어 놨다고 쉽게 죽지는 않을 테니까.

하지만 덕분에 일대일의 상황이 만들어졌다.

옆에 있던 놈은 놀란 마음에 얼른 무기를 회수한 뒤 다시 수호를 향해 검을 휘둘렀다.

하지만.

'느려.'

수호는 녀석의 검을 똑바로 쳐다보며 휘둘러지는 궤적들을 전부 회피했다.

공격은 하지 않았다.

수호는 놈에게 원하는 것이 있었으니까.

그렇게 회피하기만을 몇 차례, 그때였다.

[회피에 대한 이해도가 매우 높습니다.]

[시스템이 당신의 재능에 대한 심사를 시작합니다.]

[축하드립니다! 피하기(B)를 터득하셨습니다.]

됐다.

드디어 원하는 것들 중에 하나를 터득했다.

피하기 스킬은 말 그대로 사용 즉시 인근의 공격을 회피시켜 주는 스킬.

피하기를 터득한 수호는 그제서야 검을 빼 들었다.

그런 다음 회피 기동을 멈추고 제자리에 서서 녀석의 공격을 칼로 흘려내기 시작했다.

"키륵?!"

분명 힘을 실어 공격했는데 그럼에도 자신의 공격 궤도가 자꾸만 비틀어진다.

요상한 일이었다.

약이 바짝 오른 홉고블린은 더 열심히 무기를 휘둘렀다.

하지만 결과는 같았다.

아무리 무기를 휘둘러도 수호는 제자리에 서서 칼질 몇 번으로 홉고블린의 공격을 흘려냈다.

그러길 얼마간.

[흘려내기에 대한 이해도가 매우 높습니다.]

[시스템이 당신의 재능에 대한 심사를 시작합니다.]

[축하드립니다! 패링(B)을 터득하셨습니다.]

패링.

상대의 공격을 흘려 내는 스킬.

패링은 전용 무기까지 있을 정도로 꽤나 역사가 깊은 스킬이었다.

그렇기에 반드시 손에 넣어야 하는 스킬 중에 하나였다.

패링은 다른 중요한 스킬들의 기초가 되는 스킬이었으니까.

수호가 고개를 끄덕이며 생각했다.

'이 녀석한테는 이 정도면 됐어.'

처음 만난 홉고블린에게 스킬 두 개를 얻었다.

하지만 이 이상은 한계처럼 보인다.

홉고블린이 지쳤기 때문이다.

그렇기에 과감하게 버리기로 했다.

"즐거웠다."

푹!

수호는 다시 한번 공격해 오는 놈의 공격을 피해 이번엔 측면에서 놈의 목덜미에 검을 찔러 넣었다.

그러자 칼끝의 좁은 압점으로 극대화된 공격력이 놈의 목덜미를 관통해 반대쪽으로 나왔고 수호는 다시 한번 검을 빙그르 돌려 피해량을 증가시켰다.

"끄륵!"

고통에 이기지 못하고 쓰러지는 홉고블린.

[홉고블린을 처치하셨습니다.]

시스템이 친절하게 녀석의 죽음을 보증해 준다.

수호는 이어서 아직 마무리 짓지 못한 처음의 홉고블린에게 다가갔다.

푹!

[홉고블린을 처치하셨습니다.]

녀석에 대해선 더 고민할 것도 없다.

수호는 엎드려 헐떡이는 녀석의 뒷덜미에 칼을 찔러 넣었다. 그러자.

[레벨이 올랐습니다.]

[모든 스탯이 1 올랐습니다.]

[보너스 스탯을 1개 획득하셨습니다.]

레벨이 또 하나 올랐다.

수호는 마력에 보너스 스탯을 분배한 뒤 다시 앞으로 나아갔다.

아니, 나아가려다 다시 뒤를 돌아 죽은 홉고블린들의 심장 부분을 칼로 찍었다.

그러자 칼끝에 딱딱한 무언가가 느껴졌고 사체를 헤집어 꺼내 보니 자그마한 마정석 하나를 발견할 수 있었다.

D급 마정석이었다.

'그래, 딴 건 몰라도 이건 챙겨야지.'

헌터들은 마수의 사체를 비롯한 마수에게서 나온 각종 전리품들로 생활을 영위한다.

그중 가장 중요한 수입이 바로 마정석.

마정석의 가치는 보통 크기에 의해 좌우되는데 이런 엄지손톱 크기의 구슬들은 보통 D급으로 친다.

'이것보다 작으면 E급이고.'

이 정도면 개당 5만 원은 받을 수 있을 터.

옛날이었다면 일일이 마정석 회수를 하지 않았겠지만 이제는 해야 했다.

자신은 과거로 돌아왔고 과거의 자신은 돈이 하나도 없었으니까.

아, 물론 외부에 있던 고블린의 것들은 일부러 회수하지 않았다.

그 녀석들은 하급 중의 하급이라 마정석이 잘 나오지도 않을뿐더러 설사 나온다고 해도 상품성이 거의 없는 거시기었으니까.

이윽고 마정석 2개를 회수한 수호는 계속해서 앞으로 나아갔다.

수호는 또다시 홉고블린들을 만났고 놈들을 상대로 칼을 휘두르기 시작했다.

✻

게이트 밖.

바깥에는 난리가 났다.

이런 도심 한복판에 미전조 게이트가 나타나는 건 그리 흔한 일이 아니었으니까.

그렇기에 그곳에는 뒤늦게 게이트 해결을 위해 몰려온 민간 길드 소속의 헌터들과 정부 소속 헌터들이 있었다.

게이트 주변 몬스터들은 모두 처리가 되었고 이제 남은 건 게이트 안에 진입하여 게이트를 공략하는 것뿐.

그런데 이게 웬걸, 그들이 게이트에 도착했을 땐 이미 누군가 게이트를 공략 중이었다.

그 사실을 알게 된 어느 헌터가 인상을 찌푸렸다.

"아니, 누가 싹바가지 없게 상의도 없이 멋대로 게이트에 들어가? 어디 소속이야?"

"나오면 줘 패야겠는데?"

"다시는 이 바닥에 발 못 붙이게 해야지."

"이러다가 안에서 죽으면 레전드인데."

미전조 게이트의 경우, 특별한 사정이 있지 않는 한 대부분은 현장 입찰을 하여 입찰된 단체 소속의 헌터들을 우선적으로 투입시킨다.

헌터들에게 게이트는 소중한 밥줄이었으니까.

그래서 그들에겐 입장 순서가 매우 중요했다.

일단 한 명이라도 먼저 게이트에 들어가는 순간 게이트는 자동으로 닫히는 게 기본이었고 그러다 게이트가 공략이라도 돼 버리면 닭 쫓던 개 신세가 되어 버리는 것이었으니.

그때였다.

"예? 치유사 혼자 저길 들어갔다구요?"

"예, 제 눈으로 똑똑히 봤습니다."

어느 시민의 제보.

그런데 제보가 좀 이상하다.

치유사 혼자 게이트에 들어갔다니?

그러나 목격자인 소방관은 자신의 눈으로 똑똑히 봤다며 증언할 뿐만이 아니라 화살 맞은 자국을 보여주며 자신의 주장에 근거를 뒷받침했다.

"정말 다른 헌터들은 없었어요?"

"예, 혼자 주변 고블린 몇 마리를 썰더니 제 상처를 치료해 주고는 그냥 들어갔다니까요?"

"그게 무슨 말도 안 되는……."

처리한 몬스터들의 수준을 파악하건대 게이트 자체는 그리 어려워 보이지 않았다.

끽해야 그린 고블린 정도?

하지만 아무리 그래도 치유사 혼자라니?

게다가 고블린들을 썰고 들어갔다고?

대한헌터협회에서 급하게 파견된 게이트 관리팀 팀장 정철민이 미간을 좁혔다.

그러더니 이내 부하 직원들에게 말했다.

"일단 여기서 대기하고 있다가 게이트에 무슨 변화가 생기면 바로 보고해. 게이트에서 누가 나와도 즉각 보고하고."

"예, 알겠습니다."

부하 직원들의 우렁찬 대답 소리.

그 소리에 정철민이 입에 담배 한 개비를 물며 생각했다.

'그냥 멋모르고 들어간 거겠지. 설마 어떤 미친 치유사가 게이트를 혼자 들어가?'

칙칙-

정철민이 담뱃불을 당긴다.

별일 없겠거니 생각하며.

하지만 만약 이번 일이 별일이 아니고 홀로 들어간 치유사가 정말로 게이트 클리어를 해낸다면……

'그땐 무슨 일이 있어도 그 사람을 우리 사람으로 만들어야 한다.'

정철민은 진심이었다.

그도 그럴 게 현재 국가의 안전은 겉보기엔 국가와 민간 길드가 함께 지키고 있는 것처럼 보이지만 그 실상은 국가가 민간 길드에게 휘둘리고 있었으니까.

이유는 간단했다.

국가가 길드를 통제하려면 그만한 힘……

즉, 뛰어난 플레이어 인재들이 있어야 하는데 애석하게도 국가는 민간 길드만큼 돈을 주지 못했기 때문이다.

물론 다른 정부 기관과 비교하면 굉장히 많은 돈을 주긴 했지만 여러 가지 옵션이 걸린 민간 길드들과 비교했을 때 그 금액이 터무니없이 적었다.

그래서 국가 소속 헌터들의 별명도 '애국페이 전사'.

물론 별명만 그럴 뿐이지 공무원 헌터들…… 특히 현장직 공무원 헌터들은 대부분이 애국심과 이타심으로 가득 찬 좋은 사람들이었다.

그런 마인드가 아니면 절대로 이곳에서 일하지 않을 테니까.

그래서 좀처럼 협회 소속으로 헌터를 포섭하는 건 힘든 일이었지만 그래도 정철민은 포기하지 않았다.

그럼에도 불구하고 이따금씩 국가 소속으로 포섭되는 헌터들이 있었으니까.

정철민이 휴대전화를 들어 어디론가로 전화한다.

"상태창."

[안수호]

- Lv : 8
- 클래스 : 치유사
- 근력 : 12
- 체력 : 12
- 마력 : 12
- 감각 : 8
- 보너스 스탯 : 0

수호는 자신의 상태창을 확인했다.

게이트에 들어온 지도 한참.

벌써 레벨이 8이 되었다.

'슬슬 놈을 만나도 되겠어.'

수호는 이 게이트의 모든 것을 안다.

하지만 그럼에도 불구하고 일부러 게이트의 주인이자 보스 몬스터와의 만남을 늦췄다.

이러니저러니 해도 결국 절대적인 강함은 레벨에서 나오는 것이고, 이런 미전조 게이트는 좀처럼 독점할 기회가 적기 때문에 이럴 때 최대한 레벨링을 해 두는 편이 좋았기 때문이다.

그런데 이젠 홉고블린들이 거의 보이지 않았다.

수호가 씨를 말린 탓이었다.
수호는 주변을 더 정찰하던 끝에 홉고블린 한 개 무리를 발견할 수 있었다.
그래.
저놈들을 마지막으로 슬슬 녀석을 불러야겠어.
이 정도면 여기서 필요한 경험치는 최대한 털어먹었다.
그리 생각하며 수호는 홉고블린들이 가지고 있던 칼들 중 한 자루를 들어 녀석들을 향해 겨냥했다.
그리고 던졌다.
[투척에 대한 이해도가 매우 높습니다.]
[시스템이 당신의 재능에 대한 심사를 시작합니다.]
[축하드립니다! 투척(B)을 터득하셨습니다.]
동시에 투척 스킬을 얻었다.
이젠 별로 놀랍지도 않다.
콰직!
날아간 검은 홉고블린들 중 한 놈의 미간에 제대로 박혔고.
[홉고블린을 처치하셨습니다.]
녀석은 바로 즉사하였다.
그게 싸움의 시작이었다.
남은 홉고블린은 넷.
녀석들은 검이 날아온 방향을 정확히 캐치하고 수호를

향해 달려오기 시작했다.

'그래, 와라!'

수호는 피하지 않았다.

레벨이 8이나 되었고 움직임에 필요한 스킬들도 거의 대부분 확보했기 때문이다.

이윽고 수호와 놈들의 거리가 몇 걸음도 안 되는 수준으로 가까워졌을 때, 순간 수호의 모습이 사라졌다.

"키륵?"

분명 눈앞에 있어야 할 수호가 사라지자 녀석들이 적잖게 당황한다.

하지만 수호가 사라진 건 은신 스킬 같은 걸 써서가 아니었다.

서걱!

날카로운 절삭음.

그 소리에 놀란 홉고블린들이 고개를 돌렸으나 그땐 이미 늦었다.

뛰어난 발재간으로 녀석들의 뒤를 잡은 수호는 검을 크게 휘둘러 순식간에 녀석들을 도륙하기 시작했다.

[홉고블린을 처치하셨습니다.]

[홉고블린을 처치하셨습니다.]

[홉고블린을 처치하셨습니다.]

정확하게 목을 그었기에 네 놈 중 세 놈이 죽었다.

남은 한 놈은 칼에 덜 베였는지 목 언저리를 붙잡고 바닥에 쓰러져 덜덜 떨었다.

수호는 바닥에 떨어진 녀석이 놓친 칼을 걷어차 저 멀리 밀어냈다.

그런 다음 턱짓으로 뒤편을 가리키며 말했다.

"가라."

잘못 말한 게 아니었다.

수호는 녀석을 정말로 보내 주었다.

이유는 하나.

그래야 녀석이 자신의 대장을 내 앞으로 불러올 테니까.

이렇게 하면 굳이 힘들게 찾아갈 필요도 없다. 특수 조건도 없는 이런 게이트는 이런 식으로 처리하는 게 오래된 노하우였으니까.

수호의 턱짓에 홉고블린은 잠시 당황하고는 이내 곧 슬금슬금 뒷걸음질 치더니 얼른 도망치기 시작했다.

'곧 나타나겠구만.'

놈을 보내 놓고 느긋하게 마정석을 챙겼다. 그러자 얼마 뒤.

ㄷㄷㄷㄷㄷㄷㄷ!

지진.

아니, 그건 발 구름 소리였다.

그것도 무수한 고블린들이 만들어낸.

놈들은 수호가 기다리는 놈들이 분명했다.

'얼마나 오려나?'

이곳의 주인이자 보스 몬스터인 '우두머리 홉고블린'은 고블린이라는 종족답게 항상 무리 지어 다니는 걸 좋아했다.

다시 말해 수하로 최소 20마리는 거느리고 다닌다는 뜻.

얼마 뒤, 수풀이 갈라지며 놈들이 모습을 드러냈다.

하나, 둘, 셋, 넷……

수를 헤아려 보니 얼추 30마리는 된다.

그중에는 좀 전에 심부름 보냈던 놈도 보였는데 그새 상처가 지혈됐는지 동료들 사이에 숨어 야비하게 웃고 있었다.

귀여운 놈.

화는 나지 않는다.

벌레가 야비해 봤자 벌레지.

그렇기에 수호의 관심은 다른 곳에 있었다. 바로 뒤편에 거만한 표정으로 서 있는 우두머리 홉고블린에게 말이다.

녀석은 다른 놈들보다 덩치가 1.5배는 컸다.

레벨도 저들 중 가장 높았다.

우두머리니 당연했다.

하지만 두렵지 않다.

보스 몬스터라고는 하지만 그래 봤자 벌레들 사이에서 대장 노릇 하는 놈일 뿐.

벌레가 커 봤자 큰 벌레밖에 더 되겠는가?

오히려 수호는 녀석과 만나게 되어 너무 반가웠다.

수호는 일전에 이 게이트 때문에 죽을 뻔한 적이 있었으니까.

'게이트 주변에 나온 몬스터들 때문에 죽을 뻔했었지.'

당시의 수호는 비각성자였다.

그래서 게이트 밖에 튀어나온 고블린들에 의해 죽을 뻔했었다.

그러니 어찌 보면 오늘 이 자리는 그때에 대한 앙갚음을 할 수 있는 자리이기도 한 셈.

수호와 홉고블린들은 얼마간 대치했다.

그러다.

"키륵!"

우두머리의 외침과 동시에 녀석들이 산발적으로 수호에게 달려들었다.

'그래, 그렇게 나와 줘야지.'

일대일 토너먼트는 기대도 안 했다.

놈들이 무슨 기사도 아니고 몬스터한테 그런 매너를 기대한다는 것 자체가 우스운 일이었으니까.

그렇기에 수호도 함께 달려들었다.

지형을 활용할 수 없는 곳에서 다수를 상대해야 할 땐 도망치는 것보단 조금이라도 더 빨리 거리를 좁혀 기선을 제압하는 게 중요했으니까.

그렇게 가장 앞에 선 놈과 대면한 순간, 수호는 달려온 힘을 그대로 칼에 실어 선봉장의 미간을 꿰뚫었다.

[홉고블린을 처치하셨습니다.]

머리를 관통당했으니 당연히 즉사했다.

수호는 바로 검을 회수한 후 뽑는 힘을 그대로 이용해 사방으로 검을 휘둘렀다.

그러자 연이어 달려든 세 마리의 안면이 그대로 그어졌고.

"키에에에!!"

"키르륵!"

"카아악!"

즉사시키진 못했으나 놈들을 전투 불능 상태로 만드는 데는 성공할 수 있었다.

하지만 여전히 고블린들은 많다.

놈들은 피에 눈먼 광전사처럼 망설임 없이 수호에게 무기를 휘둘렀다.

허나 그것들이 도달한 곳은 허공.

"키익?!"

분명히 눈앞에 있었다.

하지만 없어졌다.

그 순간.

"여기."

뒤에서 난 목소리.

적에게 뒤를 잡혔다는 것을 인지하기도 전에 녀석들의 몸이 허물어졌다.

뒤늦게 그곳으로 창을 내지른 놈도 있었지만, 그 끝에 있는 건 동선이 꼬인 다른 동료였다.

놈은 자기도 모르게 자신의 동료를 찌르고 만 것이다.

녀석은 당황했으나 이내 무기를 회수해 다시 무기를 휘둘렀다.

아니, 휘두르려고 했다.

다른 방향에서 날아온 다른 동료의 눈먼 공격만 아니었다면.

“키악!”

“키익!”

“키아아악!!”

아수라장.

그야말로 난전이었다.

수호는 넓게 움직이지 않았다.

한정된 공간 안에서 녀석들의 빈틈을 찾아 요리조리 발을 놀렸다.

그래서 녀석들의 공격을 실수로 탈바꿈시켜 서로가 서로를 찌르도록 공격을 유도했다.

그러자 얼마 뒤, 홉고블린을 처치했다는 알림 이외에 또 다른 알림 하나가 떴다.

[상대의 공격을 회피하는 움직임에 대한 이해도가 매우 높습니다.]

[시스템이 당신의 재능에 대한 심사를 시작합니다.]

[축하드립니다! 사이드 스텝(B)을 터득하셨습니다.]

사이드 스텝.

드디어 원하던 스킬을 얻었다.

그러자.

[발재간에 대한 전반적인 이해도가 매우 높습니다.]

[피하기, 사이드 스텝이 '보법'으로 통합됩니다.]

[축하드립니다! 기본 보법(B)을 터득하셨습니다.]

시스템 공식에 의해 피하기와 사이드 스텝이 하나로 합쳐져 '기본 보법'으로 통합되었다.

'이로써 기본은 모두 갖추었다.'

검술 스킬과 보법, 그리고 패링까지.

수호의 오리지널 검술인, '수호검'을 위한 초석들이 모두 모였다.

남은 건 시스템의 인정을 받기 위해 부단히 노력하는 것뿐.

수호는 알림창을 끈 뒤 태세를 바꾸어 공격적으로 움직이기 시작했다.

그러자 조금 전까지만 해도 허둥대던 놈들이 추풍낙엽처럼 쓰러지기 시작했다.

[홉고블린을 처치하셨습니다.]
[홉고블린을 처치하셨습니다.]
[홉고블린을 처치하셨습니다.]
……

서로가 서로를 찌르고 있던 터라 뒷마무리만 하면 되는 상황이었다.

그래서 빨리 죽으라고 급소만 노려 죽였다.

그러자 순식간에 놈들 대부분이 처리되었고 이제 수호의 눈앞에는 여전히 근엄한 표정으로 사태를 관망 중인 우두머리 홉고블린 하나뿐이었다.

그렇게 마지막 수하가 쓰러진 순간이었다.

[레벨이 올랐습니다.]

[모든 스탯이 1 올랐습니다.]

[보너스 스탯을 1개 획득하셨습니다.]

레벨 하나가 또 올랐다.

이로써 9레벨.

수호는 이번에도 마력에 보너스 스탯을 배분한 뒤 홉고블린에게 칼을 들었다.

그런 다음 도발의 의미로 칼날을 까딱였다.

"케륵!"

도발이 먹힌 걸까?

여태 근엄한 표정을 짓고 있던 녀석의 얼굴에 분노가 피어오른다.

수호는 녀석의 레벨을 보았다.

- 우두머리 홉고블린 Lv.20

수호보다 두 배가 넘는 레벨.

그런데 뭐 어쩌라고?

아무리 레벨이 강함의 척도라지만 그것도 상대에 따라 다르다.

벌레를 상대하는데 레벨 따위가 무슨 상관이 있을까.

녀석이 자신의 애병기인 거대한 도끼를 들고 수호에게 달려들기 시작했다.

"크허어엉!!"

[홉고블린이 피어를 사용합니다.]

[공포 상태에 빠집니다.]

[몸이 경직됩니다.]

우두머리 홉고블린의 피어.

피어는 몬스터들의 레벨이 높아질수록 개나 소나 사용하는 스킬이 되지만 이런 저렙 구간에선 보스, 혹은 최소 네임드급은 되어야지만 사용할 수가 있다.

덧붙여 피어의 효과는 근육의 경직이며 레벨과 스탯으로 찍어 누르는 기술이다 보니 이건 수호도 피할 도리가 없었다.

하지만 수호는 당황하지 않고 침착하게 칼을 들어 자신

의 손바닥을 찔렀다.

푹!

그러자 칼날이 손등을 관통했고 아찔한 고통이 온몸에 퍼졌다.

[공포 상태로부터 벗어납니다.]

그러자 놀라운 일이 벌어졌다.

손바닥을 찌르자 디버프 효과가 바로 풀린 것이다.

그러나 수호는 대수롭잖다는 듯 검을 거두었다.

정신 공격을 하는 디버프 스킬들로부터 벗어나려면 육체에 고통을 가하는 게 가장 좋은 방법이었으니까.

'이 정도는 상식이지.'

물론 정신 보호 스킬이나 관련 효과가 붙은 아이템이 있다면 더 좋겠지만 지금은 이제 막 과거로 돌아온 무소유의 상태.

그런 게 있을 리가 없었다.

수호는 금방 공포 상태에서 벗어났고 물 흐르듯이 녀석의 도끼질을 회피했다.

그와 동시에 치유의 빛을 사용했다.

[치유의 빛을 사용합니다.]

[지정된 부위가 회복되기 시작합니다.]

상처는 왼손에 입었으니 왼손으로 스킬을 사용했다.

그러자 마력이 줄기 시작하며 상처가 회복되기 시작했다.

관통상이니 아마 전부 치료하는데는 좀 오래 걸릴 것이다.

허나 상관없다.

이러려고 마력 스탯에 좀 더 투자한 것이니까.

수호는 치유의 빛을 손에 꼭 쥔 채 나머지 손으로 다시 검을 들었다.

그런 다음 보법을 이용해 녀석과 순식간에 거리를 좁혔고.

푹!

칼끝으로 녀석의 허벅지를 찔렀다.

"케아아악!!"

놈의 짙은 비명이 사방에 울려 퍼진다.

하지만 살을 완전히 뚫진 못했다.

놈의 가죽이 두꺼운 것도 두꺼운 것이었지만 레벨 차이만 무려 두 배가 넘는다.

하지만 상관없다.

수호는 이 녀석이 최대한 오래 버텨 주었으면 했으니까.

부웅!

녀석의 도끼가 수호를 향해 내질러졌고 수호는 허리를 꺾어 그것을 피했다.

그런 다음 다시 스프링처럼 튀어 올라 이번에는 녀석의 안쪽 갈비를 베었다.

좌악!

이번에도 마찬가지.

상처가 별로 깊지 않다.

두꺼운 가죽 때문이다.

하지만 아랑곳하지 않고 다시 움직여 검을 휘둘렀다.

서걱!

다시 살을 베었고.

푹!

다시 살을 찔렀다.

그러길 여러 차례.

아니, 수십여 차례.

수호는 이번에도 결코 넓게 움직이지 않았다.

그저 녀석의 주위만 빙글빙글 돌며 놈의 몸에 상처를 냈다.

녀석은 분노에 분노를 거듭하여 마치 꼬리잡기를 하듯 필사적으로 수호를 붙잡으려 애썼다.

하지만 그 어떤 공격도 끝끝내 수호의 몸에 닿지 못했다.

비릿한 혈향이 코끝을 찌른다.

주변의 습기와 더불어 그것은 녀석이 흘린 땀과 뒤섞여 악취가 되었다.

허나 수호는 아무렇지 않다는 듯 거칠게 숨을 고르는 녀석을 향해 추가로 도발했다.

"이게 끝?"

"크르르……."

마수들은 인간들의 말을 모른다.

하지만 놈은 지금 내가 무슨 말을 하고 있는지 이해했을 것이다.

도발이란 건 꼭 말로만 할 수 있는 게 아니니까.

분노한 녀석은 다시 한번 고함을 터뜨리며 수호에게 도끼를 휘둘렀다.

허나 이번에도 동작이 크다.

수호는 가볍게 몸을 비틀어 도끼질을 피한 다음 빈틈 사이의 간극을 향해 초심자의 검을 창처럼 내질렀다.

그러자 그동안 절대로 뚫리지 않을 것 같았던 녀석의 허벅지 가죽이 천 자락처럼 찢어지며 근육과 함께 치명적인 관통상을 입었다.

푸뷰븃!

수호는 바로 검을 뺐다.

그러자 녀석의 뚫린 허벅지로부터 핏물이 분수처럼 솟았다.

그 순간.

[찌르기에 대한 이해도가 매우 높습니다.]

[시스템이 당신이 가진 재능을 재심사하기 시작합니다.]

[축하드립니다! 찌르기 스킬의 등급이 조정되어 A등급이 되었습니다.]

[기본 검술(B)의 관통력이 50% 상승합니다.]

B등급이었던 찌르기가 A등급으로 격상했다.

덕분에 기본 검술이 가진 관통력이 50%나 상승했다.

그래.

드디어 제자리를 찾아가는구만.

허나 기뻐하기도 잠시, 수호는 웃음기를 지우고 하던 공격에 집중했다.

그리고 그게 시작이었다.

수호는 다시 한번 녀석의 주위를 돌며 또 한 번 찌르기를 시전했다.

그러자 격상한 찌르기의 등급 덕분에 이번에는 보다 수월하게 녀석의 몸에 구멍이 생겼다.

“크어어어어!!”

아릿한 고통에 우두머리 고블린이 울부짖는다.

그리고 그것은 곧장 피어로 이어졌다.

울음이 곧 피어였고 보스 몬스터의 피어에는 특별한 옵션이 붙는 법이니까.

그러나 이번에는 그저 귀만 따가울 뿐, 아무런 일도 일어나지 않았다.

당연했다.

피어 효과는 한 번밖에 적용되지 않으니까.

수호가 비릿하게 웃으며 생각했다.

‘극복된 공포는 두 번 다시 잠식되지 않지.’

그때부터 수호는 투우하듯 녀석의 몸에 구멍을 내기 시작했다.

그러길 수십여 차례, 녀석은 마침내 벌집처럼 온몸에 구멍이 뚫려 피를 철철 쏟아냈고.

쿵!

급기야 한쪽 무릎을 꿇을 수밖에 없었다.

하지만 죽을 정도는 아니었다.

당연했다.

수호는 일부러 녀석의 급소를 단 한 군데도 공격하지 않았으니까.

수호가 쓰러진 녀석 앞에서 칼날에 묻은 핏물을 털어 내며 말했다.

"치유의 빛."

[치유의 빛을 사용합니다.]

[지정된 부위가 회복되기 시작합니다.]

치유의 빛.

지정한 부위를 회복시키는 치유사의 아주 기초적인 스킬.

피어를 해제하기 위해 찌른 왼손의 상처는 진작에 아물었다.

그리고 우두머리 홉고블린이 휘두른 공격에도 단 한 대도 맞지 않았다.

그럼에도 치유의 빛을 사용한 건 상처 입은 우두머리 홉고블린을 위해서였다.
'넌 아직 죽으면 안 돼.'
말 그대로였다.
수호는 녀석에게서 얻고 싶은 스킬이 있었다.
나중이 되면 더더욱 손에 넣기가 힘들어지는 스킬이므로 지루하더라도 반드시 지금 손에 넣어야 했다.
하지만 우두머리 고블린은 그 사정을 모른다.
그렇기에 자신을 치료해 주는 수호에게 의아함을 느꼈다.
뭐지?
왜 자신을 치료해 주는 거지?
그때, 우두머리 홉고블린은 자신을 내려다보는 수호와 눈이 마주쳤다.
건조하기 짝이 없는 수호의 눈빛.
그 눈빛에는 가학적인 변태성이나 동정심 같은 게 일절 보이지 않았다.
그 누구보다 본능에 충실한 마수였기에 홉고블린은 수호의 눈에 서린 감정을 알 수 있었다.
지루함.
그것은 지루함이었다.
덧붙여 마치 자신을 도구처럼 여기는 듯한 무미건조함.
그렇기에 홉고블린은 순간 온몸에 소름이 우수수 돋으며 오싹함을 느꼈다.

이윽고 어느 정도 치료가 되자 수호가 다시 검을 들었다.

"자, 다시 시작하자."

뻥!

수호가 녀석을 자극하기 위해 홉고블린의 가슴팍을 발로 걷어차 밀어 넘어뜨린다.

"카아아아악!!"

흥분한 홉고블린이 다시 수호에게로 달려든다.

시간이 얼마나 지났을까?

꽤 오랜 시간이 지났음에도 불구하고 홉고블린은 여전히 살아 있었다.

이유는 오직 하나.

"치유의 빛."

수호가 사용한 회복 스킬 때문이었다.

꽤 많은 시간을 들였고, 그동안 눈에 띄는 성과도 있었다.

그것은 바로 기본 검술과 기본 보법, 그리고 패링의 등급이 A로 격상했다는 것.

그리고.

"히이이익!!"

수호가 치유의 빛을 사용하기 위해 손을 들자 우두머리

홉고블린이 눈에 띄게 두려운 티를 냈다.
드디어 우두머리 홉고블린의 야성이 무너진 것이다.
하지만 아직 이 정도론 부족했다.
수호는 녀석이 쫄든 말든 여전히 치유의 빛을 사용했다.
그런 다음 웬만큼 녀석을 회복시킨 후 다시 한번 녀석의 가슴팍을 차 넘어뜨렸다.
쿠당탕!
쓰러지는 녀석.
이제 수순대로라면 녀석은 스프링처럼 일어나 자신에게 덤벼야 할 터.
하지만.
덜덜덜덜……
놀랍게도 우두머리 홉고블린은 더 이상 수호에게 덤벼들지 않았다.
대신 밀어 넘어뜨린 그대로 바닥에 웅크려 몸을 덜덜 떨었다.
야성이 제대로 꺾이다 못해 전의 자체를 상실해 버린 것이다.
그 모습을 본 수호가 웃었다.
'이쯤이면 되겠지.'
몬스터의 야성을 꺾는 건 생각보다 어려운 일이다.
특히 그 대상이 보스 몬스터라면 더더욱이.

하지만 수호는 결국 해냈다.

방법이야 간단했다.

고통 앞에 장사 없다고, 야성이 꺾일 때까지 끊임없이 물리적으로 위해를 가하면 그만이었으니까.

물론 이 방법이 모든 몬스터에게 통하는 건 아니지만 적어도 이 녀석한테는 통하는 방법이었다.

녀석의 종이 비록 고블린에 불과하긴 하지만 보스 몬스터의 특성을 지녀 뛰어난 정신력을 가진데다 체력까지 튼튼하니까.

'모자란 체력은 치유 스킬로 보충하면 되고.'

수호는 더 이상 덤비지 않는 우두머리 고블린에게 다가가 발끝으로 녀석을 다시 한번 밀었다.

그리고 눈을 마주쳤다.

그러자 덜덜 떨던 우두머리 홉고블린은 수호와 눈이 마주치자마자 고개를 숙이며 몸을 더더욱 웅크렸다.

그때였다.

[보스 몬스터의 야성마저 꺾어 버릴 만큼 압도적인 위압감을 가지고 계십니다.]

[시스템이 당신의 재능에 대한 심사를 시작합니다.]

[축하드립니다! 위압(A)을 터득하셨습니다.]

됐다.

드디어 반드시 손에 넣어야 하는 스킬들 중에 하나인 위압을 익히는데 성공했다.

위압은 아무나 익힐 수 없는 스킬들 중 하나로, 소유자의 마음먹기에 따라 얼마든지 상대방의 기를 짓누를 수 있는 스킬이었다.

'물론 그 외에도 각종 정신계 공격 스킬에 대한 대항력을 가진 보호 스킬이기도 하고.'

그래서 손에 넣으려고 했던 것이다.

카리스마를 타고난 사람의 정신력은 쉽게 꺾이는 법이 없으니까.

그러니 따지고 보면 위압 스킬은 선천적인 재능의 영향이 컸다.

'물론 나처럼 꼼수를 부려 익힐 수도 있긴 하지만.'

그러니 최대한 빨리 익혀야 했다.

후반부로 갈수록 몬스터들의 야성은 세뇌라도 걸린 것처럼 죽었으면 죽었지 절대 꺾이진 않았으니까.

위압을 손에 넣은 수호는 다시 검을 들었다.

이제는 마무리를 할 차례.

하지만 마무리 단계에서도 아직 뽑아 먹을 게 하나 더 남아 있었다.

그렇기에 수호는 두 손으로 검을 잡아 겨눔세를 취한 뒤 호흡을 한 번 삼켰다.

그리고 일말의 망설임도 없이 놈의 목을 베었다.

서걱!

녀석의 목이 깔끔하게 베인다.

검술 스킬이 A급으로 오름에 따라 절삭력이 대폭 증가한 덕분이었다.

그때였다.

[참수에 대한 이해도가 매우 높습니다.]

[시스템이 당신의 재능에 대한 심사를 시작합니다.]

[축하드립니다! 참수(B)를 터득하셨습니다.]

알림을 본 수호가 웃었다.

홉고블린으로부터 얻고자 했던 또 하나의 스킬.

그것은 바로 목을 베는데 추가 옵션이 붙는 참수 스킬이었다.

'이로써 여기서의 볼일은 끝이다.'

우두머리 홉고블린의 목이 바닥에 떨어진 순간이었다.

[우두머리 홉고블린을 처치하셨습니다.]

[게이트가 공략되었습니다.]

[게이트를 홀로 공략하는데 성공하셨습니다.]

[게이트 공략의 MVP는 '안수호' 님입니다.]

[MVP 선정으로 추가 경험치가 제공됩니다.]

[MVP 선정으로 보너스 스탯이 1개 제공됩니다.]

[레벨이 올랐습니다.]

[모든 스탯이 1 올랐습니다.]

[보너스 스탯을 1개 획득하셨습니다.]

레벨이 올랐다.

우두머리 홉고블린을 처치한 것과 더불어 게이트 공략에 대한 보상 경험치, 그리고 MVP로 선정된 것에 대한 추가 보너스 덕분이었다.

시스템 안내와 함께 이내 곧 눈앞에 바깥으로 향하는 포탈이 열렸다.

하지만 시스템 알림은 아직 끝나지 않았다.

[10레벨을 달성하셨습니다.]

[시스템은 당신이 더욱더 강해지길 원합니다.]

[시스템이 당신에게 더 높은 힘을 선물합니다.]

[보너스 스탯을 5개 획득하셨습니다.]

[치유사 클래스 전용 스킬들의 레벨이 모두 한 단계씩 상승합니다.]

[큐어(E)를 터득하셨습니다.]

레벨이 두 자릿수가 된 것에 대한 특전들이 지급됐다.

특전은 보너스 스탯 5개와 새로운 스킬, 그리고 치유사 전용 스킬들의 한 단계 랭크 업.

물론 치유사 전용 스킬이라고 해 봤자 치유의 빛뿐이었지만 현 단계에선 이 정도면 충분했다.

알림을 본 수호가 고개를 끄덕였다.

'드디어 큐어를 얻었군.'

큐어는 질병을 치료하는데 특화된 스킬로 최종 형태가 되면 수호를 죽음으로 몰아넣은 만독까지 치료할 수 있는 경지가 된다.

그렇기에 그 어떤 스킬들보다도 가장 반가운 스킬이기도 했다.

수호는 여태껏 획득한 보너스 스탯들을 각각 근력과 체력, 마력에 배분한 뒤 상태창을 닫았다.

그런 다음 포탈로 바로 들어가지 않고 우두머리 홉고블린의 심장에 칼을 박아넣었다.

그러자 칼끝에 딱딱한 촉감이 느껴졌다.

마정석이었다.

'큼직하네.'

크기로 미루어 보건대 최소 C등급은 될 듯했다.

마정석과 기타 부산물을 챙긴 수호는 그제서야 출구 포탈로 천천히 발걸음을 옮겼다.

'지금쯤이면 입구에 나와 있겠지?'

이제는 여기가 꿈이 아닌 현실임을 알았다.

그렇기에 슬슬 보고 싶었다.

한때 자신과 가장 가까웠던 사람의 얼굴을.

Chapter 2

"어어!"

"게이트 떨린다!"

"설마?"

"어어, 게이트 라인이 사라지는데?!"

"설마 게이트가 공략됐다고?"

게이트가 공략되면 외부에 드러난 게이트 라인이 무너진다.

외부 사람들은 그것을 보고 공략 유무를 알 수 있는데 다들 스러져 가는 게이트 라인을 보고 경악을 금치 못했다.

그도 그럴 게 이번처럼 미전조 게이트의 경우, 첫 시도만에 클리어되는 경우는 거의 없었으니까.

그것을 본 협회 직원들이 황급히 정철민에게 보고를 올렸다.

"팀장님! 게이트가 공략됐습니다!"

"어…… 나도 보고 있어……."

실시간으로 상황을 지켜보던 정철민의 눈이 접시만큼 커졌다.

소방관의 제보에 따르면 안에 들어간 사람은 분명 치유사라고 했다.

게다가 혼자 들어간 상황.

그런데 미전조 게이트를 공략했다고?

그렇기에 다들 웅성이며 게이트에 이목을 집중할 수밖에 없었다.

그 사실은 비단 정철민 혼자만 아는 게 아니었으니까.

이윽고 소식을 들은 기자들도 빠르게 집결하기 시작했고 이내 게이트 라인이 완전히 허물어진 뒤 출구가 되어줄 포탈이 생성되었다.

그리고 그 속에서 하나의 인영이 천천히 드러났다.

수호였다.

"나왔다!"

"엑?! 정말 혼자잖아?"

"미친, 저 사람 혼자 단독 공략한 거야?"

햇빛이 밝다.

포탈 밖으로 걸어 나온 수호가 벌 떼같이 몰려든 인파에 눈살을 좁히며 주변을 둘러보았다.

'많이도 몰렸네.'

하지만 아직 아무도 수호에게 접근하지 못했다.

클리어된 게이트의 출구 포탈 주변에는 공략자 외엔 아무도 접근하지 못하도록 시스템에 의해 경계선이 깔리게 되어 있었으니까.

"저기요! 여기 좀 봐 주세요!"

"당신은 누구십니까!"

"전 임모탈 길드의 스카우터……!"

"전 화랑 길드에서 나온……!"

그렇기에 사람들은 경계선 바깥에서 카메라 플래시와 목청만 드높이며 어떻게든 수호의 주의를 끌기 위해 혈안이었다.

하지만 수호는 그들에겐 조금도 시선을 주지 않고 인파 속에서 누군가를 찾았다.

그리고 얼마 뒤, 마침내 찾을 수 있었다.

수호가 자신을 빤히 쳐다보는 사람에게 다가가 경계선 앞에 서서 그에게 물었다.

"대헌협(대한헌터협회)의 정철민 팀장님이시죠?"

그 말에 정철민이 깜짝 놀란 표정을 지었다.

"예? 아, 네. 제가 대헌협 게이트 관리과의 정철민 팀장이긴 합니다만…… 저를 아십니까?"

수호의 아는 체에 황급히 정신을 차린 정철민이 얼른 자기소개를 했다.

그 모습에 수호가 조용히 눈웃음을 지으며 생각했다.

'다시 보게 되니 엄청 반갑네.'

수호는 정철민이 누군지 안다.

아니, 아는 사이 정도가 아니라 아주 막역한 사이였다.

그도 그럴 게 정철민은 먼 훗날, 대헌협을 이끄는 협회장이 될 남자였으니까.

'철민이 형만큼 일 잘하고 희생정신 강한 사람을 본 적이 없지.'

그렇기에 만약 지금이 정말로 자신이 아는 그 과거가 맞다면 수호는 이번에도 당연히 정철민과 함께할 생각이었다.

수호는 이번에도 대헌협에 들어가 공무원 헌터가 될 생각이었으니까.

수호가 말했다.

"자세한 건 협회로 가서 말씀 나누시죠. 어차피 저, 헌터면허 발급받으러 협회에 한번 가야 했거든요."

"네, 그러시…… 네?"

헌터면허를 발급받아야 한다니?

그럼 넌 이제 막 각성한 플레이어라는 거야?

그 말도 안 되는 사실에 정철민이 눈을 껌뻑인다.

✻

협회로 돌아와 수호의 신분을 조회한 정철민은 할 말을 잃고 말았다.

설마가 사람 잡는다고 수호는 정말로 미등록 헌터였기 때문이다.

심지어 네 직군 중 가장 약하다고 알려진 치유사 클래스의.

'이게 무슨 말도 안 되는…….'

그럼 플레이어로 각성한 지 얼마 안 됐다는 말인데 그런 상태에서, 그것도 치유사의 신분으로 미전조 게이트를 단독 공략했다고?

점입가경이었다.

하지만 이 모든 건 사실이었고 수호는 여유로이 웃으며 헌터면허 발급을 위한 적성검사지를 진행했다.

그리고 모든 검사가 끝났을 때, 정철민은 수호의 검사 결과를 받아 보고 또 한 번 놀랄 수밖에 없었다.

'이게 무슨…….'

수호의 검사 결과지를 본 정철민은 도무지 믿을 수 없다는 표정을 지었다.

그도 그럴 게 직업 적성 검사를 비롯한 타고난 직업 잠재력 검사에서 수호는 모조리 평범한 결과가 나왔기 때문이다.

'아니, 오히려 치유사치곤 평균값이 조금 떨어진다.'

검사 결과지만 놓고 보면 수호는 치유사가 아니라 전사나 궁사의 길을 택해야 했다.

하지만 수호는 이미 확실한 치유사 클래스였다.

그도 그럴 게 자신의 눈으로 직접 치유의 빛과 큐어를 확인했으니까.

'이걸 뭐라고 설명해야 되는 거야, 대체……?'

검사 결과지에서 눈을 뗀 정철민이 수호를 보며 물었다.

"……혹시 실례가 안 된다면 원래 무슨 일을 하시는지 여쭤봐도 될까요?"

그 말에 수호는 잠시 기억을 더듬더니 대답했다.

"대학생이었습니다."

"이었습니다? 그럼 지금은 아니신 거세요?"

"예, 자퇴했습니다."

똑똑히 기억한다.

수호가 그린레드 게이트에 휘말렸던 건 학교에 자퇴 서류를 제출하고 돌아오던 날이었으니까.

자퇴의 이유?

별것 없다.

수호는 체대생이었는데 학과 내에 존재하는 위계질서와 소위 '똥군기'라 불리는 경직된 분위기가 매우 부당하다고 느껴졌기 때문이다.

그래서 절이 싫으면 중이 떠난다고 어렵게 들어간 학교였지만 과감하게 자퇴하기로 했다.

그 말에 정철민이 고개를 끄덕이며 물었다.

"그럼 혹시 의대나 간호학과 학생이셨습니까?"

"체대였습니다."

"체대…… 근데 왜 치유사를 하신 건가요?"

정철민으로선 도무지 이해가 안 되는 처사였다.

수호가 의대나 간호학과 학생이면 치유사 선택이 납득이라도 가겠지만 심지어 체대생이란다.

그러면 더더욱 전사나 궁사를 했어야 하는 거 아닌가?

그 말에 수호는 대수롭잖다는 듯 대답했다.

"아픈 게 싫어서 치유사가 됐습니다."

"……네?"

"정말입니다."

만독 때문에 치유사가 되기로 한 것이니 마냥 틀린 말도 아니다.

하지만 현 시점에서 그 대답은 더더욱 정철민을 황당하게 만들 뿐이었다.

정철민은 잠시 눈을 감더니 이내 천천히 질문을 이어 나갔다.

"게이트는 정말 단독 공략하신 게 맞으십니까?"

"예, 출구 포탈에서 나온 사람들 보셨잖아요."

"그렇긴 합니다만…… 그럼 혹시 공략 과정을 좀 여쭤봐도 될까요?"

"몬스터가 나오길래 싸웠고 덤비는 놈들을 전부 죽이다 보니 공략이 됐습니다. 참고로 내부 몬스터는 홉고블린이었습니다."

"호, 홉고블린이요?"

"예."

수호는 그 말과 함께 마정석을 챙길 때 함께 챙겼던 우두머리 홉고블린의 수급을 인벤토리에서 꺼내 책상에 올렸다.

그것을 본 정철민의 눈이 휘둥그레 커졌다.

정말이었기 때문이다.

"이, 이건……!"

"보스 몬스터인 우두머리 홉고블린의 수급입니다."

이어서 우두머리 홉고블린의 마정석도 함께 올렸다.

"이건 녀석이 가지고 있던 마정석이구요."

"허……."

마정석과 수급.

절대로 반박할 수 없는 확실한 증거들이었다.

놀란 정철민이 말을 잇지 못하자 이번엔 수호가 먼저 입을 열었다.

"어떤 점에서 놀라신 건진 대충 이해는 합니다. 체대생인데 왜 전사나 궁사를 하지 않고 치유사를 택했는지, 그리고 얼마 전까지만 해도 일반인이었는데 어떻게 미전조 게이트를 단독 공략한 건지, 맞죠?"

"예, 뭐…… 솔직히 부정은 못 하겠습니다."

"근데 말씀드린 건 전부 진짜입니다. 보이길래 죽였고 그나마 익숙해 보여서 초심자의 검을 골랐습니다. 또 아픈 게 싫어서 치유사를 택한 것도 사실이구요. 그리고 전 이번에 면허를 얻게 되면 앞으로도 계속 헌터 활동을 이어나갈 생각입니다."

"혹시 그렇게 결심하시게 된 계기에 대해서 여쭤봐도 될까요?"

"저는 마수와 게이트가 싫습니다. 신원 조회를 해 보시면 아시겠지만 전 과거에 게이트 쇼크 사태로 가족을 전부 잃었거든요. 덕분에 학비도 병역도 면제됐지만 가족이 다 죽었는데 그게 다 무슨 소용이겠습니까?"

"그럼 이번에 홀로 게이트에 들어가신 것도……?"

"충동적인 선택이긴 했습니다만 가슴속 응어리를 풀 수 있는 나름의 기회라고 여겼습니다. 게다가 전 오늘 학교에 자퇴 신청을 하고 오는 길이었는데, 자퇴 사유도 학과 내 불합리한 군기 때문이었거든요. 그래서 속에 화가 좀 많았습니다."

"으음."

그 말에 정철민은 조용히 고개를 끄덕였다.

수호의 말을 들어 보니 다소 충동적이었다고는 하나 이 사람이 평소에 얼마나 많은 화를 참으며 살고 있는지 짐작이 갔기 때문이다.

수호의 말이 이어졌다.

"제대를 간 것도 혹시라도 각성하게 되면 도움이 될까 싶어서였습니다. 제대로 된 무기술을 배운 적은 없지만 관련은 있다고 생각했으니까요. 근데 때마침 플레이어가 됐으니 오히려 자퇴는 좋은 선택이 됐다고 생각합니다."

정철민이 수호의 말을 경청한다.

그 진지한 모습에 수호는 이쯤에서 감성팔이는 그만하고 슬슬 그의 구미를 자극할 만한 본격적인 미끼를 던지기로 했다.

"하지만 그렇다고 해서 제가 계속해서 분노하며 살겠다는 건 아닙니다. 제가 분노에 취해 산다고 해서 죽은 가족이 돌아오는 건 아니니까요."

대화 주제가 바뀌자 정철민이 조금 놀란 표정을 짓는다.

"그럼요?"

"전 헌터 활동을 하되 할 수만 있다면 사람들의 안전을 위해 일하고 싶습니다. 예를 들면 저희 대헌협 같은 곳에서요."

그 말에 정철민의 눈에 벼락이라도 떨어진 것처럼 확 커졌다.

이건 전혀 생각지도 못한 말이었기 때문이다.

그래서일까?

점점 더 수호에 대해 궁금해졌다.

"대헌협 소속이 되신다는 건 공무원 헌터로 사셔야 한다는 건데…… 괜찮으시겠습니까? 조금만 검색해도 아실 수 있는 내용이긴 합니다만, 저희는 솔직히 말해서 민간 길드 헌터들보다 보수가 좀…… 아니, 많이 떨어지는 편입니다."

"압니다. 하지만 미전조 게이트를 비롯한 각종 게이트에 대한 자유로운 출입권과 우선적인 공략권을 가지고 있잖아요? 또 플레이어 범죄에 대한 강력한 처벌권도 가지고 있고요. 전 권익을 위해 일하고 싶은 거지 제 개인적인 부귀영화에는 관심이 없습니다."

"아……!"

그 대답에 정철민은 자기도 모르게 육성으로 감탄하고 말았다.

다들 면접 볼 때는 이타심에 이 길을 택했다곤 하지만 실상 그 이유를 들여다보면 철밥통과 게이트에 들어가지 않아도 돈을 벌 수 있다는 사실을 더 중요시하기 때문이다.

말 그대로였다.

수호의 말마따나 대헌협 소속 헌터들은 미전조 게이트

에 대한 우선적인 공략권을 가지지만 대부분은 그것을 포기하고 민간 길드에 경매로 넘기니까.

왜?

위험하니까.

'박봉 수준의 월급을 받고 선뜻 게이트에 들어가 공략을 자처하는 공무원 헌터는 그리 많지 않으니까.'

그렇기에 정철민은 가슴이 떨렸다.

그가 애써 흥분을 참으며 물었다.

"그럼 만약 대헌협에서 일하시게 된다면 근무처는……."

"전 최대한 현장에서 뛰고 싶습니다. 가능하다면 게이트 공략 쪽으로요."

하.

그 대답에 정철민은 순간 현기증이 일 뻔했다.

그래.

다른 사연이 뭐가 그리 중요할까?

다른 공무원들은 어떻게든 게이트 속으로 안 들어가려고 난리인데 스스로 현장직을 자처하는 사람이라면 얼마든지 환영이었다.

이 일은 수지타산이 맞지 않아 정말 애국심과 이타심 하나만으로 버텨야 하는 곳이었으니까.

정철민이 터져 나오려는 환호성을 참으며 대답했다.

"……알겠습니다. 서류 접수나 기타 신분 조회는 이것으로 마치겠습니다. 근데 지금 이 자리가 이러려고 마련된 자리가 아닌데 어째 면접 자리가 된 것 같은 기분이네요."

"얘기하다 보면 이런 얘기도 하고 저런 얘기도 할 수 있지 않겠습니까."

"하하, 그것도 그렇죠. 그럼 이제 인적성 검사와 필기시험, 그리고 실기시험만 보시면 되는데……."

정철민이 휴대폰을 한번 확인한 뒤 말했다.

"올해 시험 접수는 이미 마감된 거 아시죠? 하지만 혹시 수호 씨만 원하신다면 제가 추가로 접수를 해 드릴 순 있습니다."

"그래도 되나요?"

"불법이나 편법은 아닙니다. 실제로 있는 규칙 중에 하난데 수호 씨 같은 경우엔 미전조 게이트를 혼자 단독 공략하셨으니 상부에 보고만 하면 얼마든지 승인을 받을 수 있습니다. 근데 날짜가 하필이면 내일이라……."

그 말에 정철민이 흘긋 수호의 눈치를 본다.

마음이 달아서 권유한 거긴 하지만 아무리 그래도 하루 만에 필기와 실기시험을 동시에 준비하긴 좀 빠듯한 면이 없잖아 있었으니까.

'현장이랑 입시는 엄청 다르지…… 물론 입시 때 배운 게 아예 도움이 안 되는 건 아니지만 그래도 너무 모르는 상태면 시험 치기가 좀 그렇지.'

정철민이 어색하게 웃으며 말했다.

"아무래도 좀 힘들겠죠? 대신 다음 달에 있는 시험은……."

"아뇨, 접수 부탁드리겠습니다."

"네?"

"기회가 있을 때 경험 삼아 한번 치러 보죠, 뭐. 그럼 인적성 검사까지 내일 다 한꺼번에 보나요?"

"아, 아뇨. 인적성은 오늘 보고 가시면 되는데…… 괜찮으시겠어요?"

"예, 괜찮습니다. 그보다 이것들만 바로 좀 처리 부탁드리겠습니다. 제가 접수비도 없는지라."

수호가 홉고블린의 수급과 마정석을 가리키자 정철민이 얼른 그것들을 들었다.

"알겠습니다, 인적성 검사 하고 계시면 제가 바로 처분하고 입금드리겠습니다. 그리고 접수비는 저희 측에서 부담할 수도 있을 것 같습니다만……."

"아뇨, 괜찮습니다. 이런 걸로 괜히 나중에 말 나오기 싫습니다. 그냥 제가 내겠습니다."

그 말에 정철민이 또 한 번 감동받은 표정을 짓더니 얼른 대답했다.

"알겠습니다! 그럼 금방 준비해 드릴 테니 잠시만 기다려 주세요!"

황급히 자리에서 일어나는 정철민.

수호는 정철민의 빠릿빠릿한 모습에 자기도 모르게 피식 웃음을 터뜨렸다.

모든 일들이 일사천리로 진행되었다.

수호가 인적성 검사를 치르는 동안 정철민은 팀장의 권한으로 면세 혜택까지 받아 마정석과 수급을 처분한 대금을 입금해 주었다.

그 금액만 약 300만 원.

이어서 인적성 검사를 마친 수호가 말했다.

“팀장님, 혹시 부탁 하나만 더 드려도 될까요?”

“어떤 부탁이요?”

“제가 알기로 여기 협회 건물 지하에는 도서관이 하나 있는 걸로 알고 있습니다. 그리고 거기엔 내일 있을 시험과 관련된 문제집과 참고서들이 있는 걸로 아는데…… 혹시 팀장님께서 허락해 주신다면 거기서 내일 있을 필기시험 준비를 조금만 하다 가도 될까요?”

“아, 전 또 뭐라고. 되죠! 당연히 되죠!”

“감사합니다.”

협회 건물 지하에 있는 도서관.

그곳은 직원들의 자기계발을 위해 만들어진 직원용 도

서관이었는데 그게 뭐가 그리 큰 문제가 될까?

다른 사람도 아니고 어쩌면 미래의 부하 직원이 될지도 모르는 수호의 부탁인데 당연히 들어주어야 했다.

게다가 그곳은 직원들의 자기계발을 위해 설치된 곳이지만 아무도 이용하지 않는 곳.

허락이 어려울 이유가 없었다.

이윽고 도서관에 도착하자 수호는 오랜만에 보는 직원용 도서관 특유의 냄새를 맡을 수 있었다.

'여기도 참 오랜만이네.'

이용하는 사람은 거의 없고 사서로 뽑은 직원 두세 명만 하릴없이 시간을 때우는 곳.

게다가 도서관 특성상 누가 들어오든 사서들은 그 누구에게도 관심을 주지 않았다.

발견을 해도 힐긋 보고 말 뿐.

그렇기에 되려 다행이었다.

'하긴, 이게 원래 우리 도서관 모습이긴 하지.'

정철민이 목소리를 낮추며 말했다.

"나가시는 건 직원 카드 없이도 나갈 수 있으니까 편하게 이용하시다 가시면 됩니다."

"네, 감사합니다."

"그럼 전 일이 있어서 먼저 가 보겠습니다. 부디 내일 있을 시험, 잘 치시길 바라겠습니다."

정철민이 수호를 응원한 뒤 퇴장한다.

그가 떠난 뒤, 수호는 그제서야 본격적으로 도서관을 둘러보기 시작했다.

'그게 어디 있더라…….'

수호가 이곳에 온 이유는 직원용 도서관에 숨겨져 있는 히든 스킬 때문이었다.

그것은 기억력과 관련된 스킬로, 원래라면 익힐 필요도 관심도 없는 스킬이었지만 상황이 급변한 지금은 그 누구보다 자신에게 필요한 스킬이었다.

'인간의 기억력에는 한계가 있으니까.'

확인해 본 적은 없지만 아마도 이 세상에서 회귀자는 오직 자신 하나뿐일 것이다.

말인즉, 도움을 받을 사람도 기댈 사람도 없다는 뜻.

그러니 더더욱 스스로의 기억력에 모든 걸 의존해야 했는데 굵직한 것들은 대강 기억이 났지만 수호도 인간인지라 자질구레한 것들은 기억이 희미했다.

그래서 이곳에 온 것.

수호는 곧장 발걸음을 옮겨 '미지 서적 코너'로 향했다.

미지 서적은 게이트 안에서 발견된 이계의 서적들을 지칭하는 말로 여태껏 그 누구도 해독한 적이 없어 일명, '잡템'으로 분류되어 있는 책들이었다.

수호가 마구잡이로 꽂혀 있는 미지 서적들을 보며 추억

을 회상했다.

'이것들도 참 골치였지.'

미지 서적들은 참 골치였다.

그도 그럴 게 미지 서적은 불에 타지도 않고 폐기도 잘 안 됐으니까.

그렇다고 아무데나 막 보관하기에는 게이트에서 발견된 것들이라 최소한의 관리가 필요하다고 판단.

그래서 협회 건물인 직원용 도서관으로 흘러 들어온 것이다.

'뭐, 나중이 되면 절반은 창고로 향하게 되지만.'

미지 서적 코너를 둘러보던 수호는 얼마 지나지 않아 찾고자 하는 책을 쉽게 찾을 수 있었다.

왜냐하면 수호가 찾고자 하는 책은 미지 서적 코너에 꽂힌 책들 중 가장 커다란 크기를 가졌으니까.

'크기가 커서 그런지 그냥 앞에다가 빼 놨네.'

수호는 그것을 들어 도서관 구석으로 향했다.

웬만한 백과사전보다도 큰 이것은 여전히 이름도 모른다.

정보를 확인하면 그저 '이계의 서적이다' 정도의 정보만 뜰 뿐이었으니까.

하지만 여기에는 엄청난 비밀이 숨겨져 있다.

수호는 주위에 아무도 없음을 확인한 뒤 그것을 펼친 후 머리를 갖다 댔다.

그러고 몇 분이 지나자 귓가에 시스템 알림 음성이 들리기 시작했다.

[기억의 도서관에 오신 것을 환영합니다.]

[기억의 도서관이 당신의 이야기에 흥미를 느낍니다.]

[기억의 도서관에 당신의 이야기를 기증하시겠습니까?]

알림을 들은 수호는 조용히 입꼬리를 올렸다.

수호가 직원용 도서관에서 찾고자 한 것.

그것은 바로 '기억의 도서관'이라는 히든 스킬이었다.

시스템 알림을 들은 수호가 서적에서 머리를 뗐다.

그리고 눈앞의 알림을 읽으며 미소를 지었다.

'정말이었군.'

기억의 도서관은 흔히 말하는 순간 기억력과 비슷한 효과를 가진 스킬이었다.

물론 좋게 말하면 한번 보고 들은 모든 것들을 기억하는 순간 기억력인 것이고, 나쁘게 말하면 흔히들 말하는 '기억의 저주'와도 같은 스킬.

그도 그럴 게 인간의 정신은 망각이라는 장치가 있기에 아픔을 잊고 오래 버틸 수 있다는 말도 있었으니까.

하지만 수호에게 기억의 도서관은 저주가 아닌 반드시 필요한 도구였다.

그도 그럴 게 현재의 수호에겐 망각이 아니라 제대로 되고 확실한 '정보'가 필요했으니까.

'이것만 있으면 내 모든 기억의 복원이 가능하다.'

수호가 고개를 끄덕이자 시스템 알림이 다음 단계를 진행했다.

[당신의 이야기를 기증받습니다.]

[기억의 도서관이 당신의 기증에 기뻐하며 감사의 보답을 합니다.]

[기억의 도서관(A)을 터득하셨습니다.]

[기억의 도서관이 당신의 기억을 열람 및 문서화하기 시작합니다.]

알림이 끝난 직후였다,

슈아아!

별안간 머릿속에 강풍이 들이닥치는 듯하더니 머릿속에 거대한 도서관의 이미지가 그려지기 시작했다.

수호가 본 도서관은 텅 비어 있었다.

허나 휘몰아친 강풍이 도서관을 훑을 때마다 어디선가 종이 수백 장이 나타났고 새하얀 종이는 곧 수호의 기억을 담아 빼곡한 문서가 되고 자기들끼리 엮여 책이 되었다.

신기한 광경이었다.

그리고 마침내 도서관 속에 책들이 빼곡하게 채워졌을 때였다.

[기억의 도서관이 개관되었습니다.]

수호는 비로소 기억의 도서관을 완전히 터득할 수 있었다.

알림을 본 수호는 그제야 기억의 도서관에 대한 정보를 확인했다.

[기억의 도서관]
- 등급 : A
한번 보고 들은 모든 기억들을 도서관에 저장하여 언제든지 열람할 수 있다.
기억의 도서관은 이용자가 필요한 정보를 추천해 주기도 한다.

심플하기 그지없는 설명.

그러나 설명 따윈 아무래도 좋았다.

중요한 건 스킬이 가진 효과 자체에 있었으니까.

수호는 문득 자신에게 기억의 도서관에 대해 말해 준 사람이 떠올랐다.

그녀는 현재 업계 1위로 알려져 있는 헥사곤 길드의 전설적인 사무장이었는데, 기억의 도서관은 우연한 기회에 그녀와 식사를 하며 알게 된 사실이었다.

- 수호 씨, 그거 아세요? 저 사실 대헌협 직원이었어요.

- 네? 사무장님이요?

- 네, 제가 대헌협 직원이던 시절에 이직 준비 때문에 도

서관에서 혼자 공부하고 있었을 땐데요……

그녀는 스킬을 얻게 된 경위를 농담처럼 말했는데 워낙에 인상 깊었던 터라 제대로 기억하고 있었다.

- 엎드려 자는 게 불편해서 적당한 책 하나 가지고 와서 베개로 썼는데 그게 마침 스킬 발견 조건이었지 뭐에요?

처음 그 말을 들었을 땐 어찌나 어이가 없던지.

다른 스킬도 아니고 무려 A급 스킬을 그런 식으로 얻게 될 줄 누가 알았겠는가?

'잘될 사람은 어떤 형태로든지 잘된다더니 그분이 아마 그런 케이스가 아닐까 싶네.'

기억의 도서관을 손에 넣은 그녀는 하루아침에 생겨난 뛰어난 암기력 덕분에 결국 업계 1위라 불리는 헥사곤으로의 이직에 성공했다.

그도 그럴 게 그녀는 압도적인 암기력을 바탕으로 온갖 자격증을 취득해서 갔으니까.

그뿐이랴?

이직한 후에도 그녀는 기억의 도서관이 부여해 준 압도적인 기억력과 정보 추천 시스템 덕분에 모든 길드원들을 꼼꼼하게 챙겼고, 그 덕분에 승진에 승진을 거듭, 최종적으로 업계에서도 손꼽히는 전설적인 사무장이 될 수 있었다.

수호는 나중에 그녀를 보면 밥이라도 사야겠다고 생각하며 책을 다시 원래 있던 자리에 갖다 놨다.

'스킬도 얻었겠다, 가볍게 한번 테스트해 볼까?'

수호는 테스트의 의미로 자신이 죽기 전의 상황을 떠올렸다.

그러자 관찰자 시점으로 당시의 상황이 머릿속에 그려지기 시작했는데, 한때 동료이자 배신자가 된 녀석들을 보니 울컥 화가 치솟았다.

'그래. 이제 너희들은 내 목표 중에 하나가 됐다. 그러니 지금 이 감정을 절대로 잊지 않겠다.'

과연 기억의 도서관.

고작 기억을 떠올리기만 했을 뿐인데 당시의 분노가 생생하게 재현되며 다시 한번 각오를 다질 수 있는 계기가 됐다.

그런데 그때였다.

……

[시스템은 최초로 초월자의 경지에 도달한 당신에게 더 강해질 수 있는 기회를 부여하고자 합니다.]

[안수호 플레이어의 시스템을 재부팅합니다.]

페이드 아웃되듯 점멸하는 기억 속에서 전혀 생각지도 못한 알림을 보게 된 건.

'이게 뭐야?'

처음 보는 시스템 알림들.

그것은 수호가 죽기 직전에 떠오른 알림들이었는데, 수

호는 그것을 본 기억이 전혀 없었다.

'시스템이 날 과거로 보낸 거라고?'

전혀 몰랐다.

왜냐하면 이 알림이 뜰 때쯤에 수호의 의식은 거의 죽은 상태나 마찬가지였으니까.

'신검합일의 경지에 오르며 최초로 SS급 스킬을 터득한 것까지는 기억이 난다. 하지만 초월자라니?'

허나 시스템은 분명히 말했다.

[시스템은 최초로 초월자의 경지에 도달한 당신에게 더 강해질 수 있는 기회를 부여하고자 합니다.]

[안수호 플레이어의 시스템을 재부팅합니다.]

최초로 초월자의 경지에 올랐기에 한 번 더 기회를 주는 것이라고.

그렇다면 내가 과거로 온 건 우연이 아니란 건가?

아무래도 그런 듯싶었다.

덕분에 수호는 자신이 겪고 있는 이 모든 상황이 꿈이나 허상 따위가 아닌 진짜임을 알 수 있었다.

'잘됐네.'

슬슬 과거로 돌아왔다는 사실에 대해 어느 정도 인정하려고 했다.

그래서 기억의 도서관을 찾은 것이니까.

하지만 그것은 인정일 뿐이지 확신은 아니었다.

확신까지 갖기엔 명확한 증거가 없었으니까.

하지만 시스템이 이리 보증해 준다면 말이 달랐다.

앞으로는 두말할 것 없이 달리기만 하면 될 터.

'그래, 한번 해 보자.'

중요한 건 내가 과거로 돌아왔다는 것이고 그로 말미암아 내게 닥칠 재앙들을 미리 대비할 수 있게 됐다는 것.

그렇기에 수호는 이번에도 역시 공직에 몸을 담아야겠다는 결심을 굳힐 수 있었다.

혼자만 알고 있는 미래 지식과 제대로 된 국가 권력을 합한다면, 어쩌면 전생과는 비교도 할 수 없을 정도로 빠르게 게이트 종식을 이뤄낼 수 있을 테니까.

'더불어 그놈들도 견제하고 말이야.'

하지만 그러려면 준비해야 될 게 많았다.

기억의 도서관을 획득한 수호는 자리에 앉아 조용히 미래 계획을 수립하기 시작했다.

내일 있을 필기시험 공부?

기억의 도서관이 있는데 그런 걱정을 왜 해야 될까.

아니, 기억의 도서관이 없어도 그깟 필기시험 따윈 합격이었다.

수호가 생각 정리를 시작한다.

*

계획의 대략적인 틀을 잡은 수호는 협회를 나오자마자 즉시 택시를 잡아 파주로 이동했다.

이왕 공무원이 되기로 마음먹은 이상, 최대한의 효율을 뽑을 생각이었기 때문이다.

얼마 뒤, 택시가 파주에 들어섰고 수호가 도착한 곳은 다름 아닌 한국에서 가장 유명하고 최대 규모를 자랑하는 사립 헌터 아카데미, '넥서스'였다.

그곳은 타운 하우스처럼 굉장히 거대한 규모를 자랑했는데, 수호는 입구 외벽에 걸린 합격자들의 이름이 새겨진 현수막을 보며 고개를 끄덕였다.

합격자 수로 학원을 홍보하는 건 모든 학원의 장르를 불문하고 가장 확실한 홍보 수단이었으니까.

그렇기에 수호의 첫 번째 목표도 바로 저것이었다.

아카데미에 입장한 수호가 프론트로 가서 말했다.

"김수애 원장님을 좀 뵙고 싶은데요."

"원장님이요? 혹시 약속이 되어 있으신가요?"

"아뇨, 그냥 찾아온 겁니다. 일대일로 면담드릴 게 좀 있거든요."

"어…… 사전에 스케줄을 잡지 않으시면 갑자기 면담은 좀 어렵습니다."

"오늘 낮에 신도림역에서 발생한 미전조 게이트의 단독 공략자가 찾아왔다고 하시면 바로 응해 주실 겁니다."

"시, 신도림이요? 잠시만요!"

학원장과의 독대는 별로 어려운 일이 아니었다.

그도 그럴 게 수호는 자신만이 가진 장점…… 예컨대, 대낮에 있었던 신도림역 미전조 게이트 사건의 공략자가 자신이라는 사실을 밝혔으니까.

그렇기에 수호는 어렵지 않게 원장실에 발을 들일 수 있었다.

"만나뵙게 되어 반갑습니다. 제가 이곳 넥서스 아카데미의 대표인 김수애 원장이라고 합니다."

김수애 원장.

그녀는 국내에서 세 번째로 크다고 알려진 '넥서스 길드' 소속의 간부였는데 이곳 넥서스 아카데미는 넥서스 길드 부속 아카데미로써, 기업으로 치면 계열사 정도의 포지션이었다.

그녀의 인사에 수호도 대답했다.

"안수호라고 합니다."

수호의 인사에 그녀가 베테랑 사회인 특유의 미소를 장착한 채 말했다.

"네, 수호 씨. 프론트에서 전해듣기로는 오늘 낮에 신도림에서 발생한 미전조 게이트의 단독 공략자시라구요?"

수호에 대한 이야기는 이미 매스컴을 타고 빠르게 퍼져 나갔다.

물론 초상권 문제로 언론에 사진 전체가 올라가진 않았지만 그럼에도 수호를 알아보는데는 충분했다.

김수애의 물음에 수호가 고개를 끄덕였다.

"예, 그렇습니다."

"대단한 분이시네요. 그런데 그 대단하신 분께서 저희 학원에는 어쩐 일로……?"

김수애 입장에선 사실 이게 제일 궁금했다.

미전조 게이트의 단독 공략자라면 이미 실력이 검증된 헌터란 소리일 테니 말이다.

설마 강사 자리라도 원하는 건가?

그러나 이어진 수호의 용건에 김수애는 자신의 예상이 완벽하게 빗나갔음을 인정할 수밖에 없었다.

"제가 여기 온 건 장학생 제안을 드리러 왔습니다."

"장학……생이요?"

"예, 내일 대헌협에서 헌터면허 시험이 있지 않습니까?"

"그렇죠? 저희 학원에서도 이번에 400명이나 참가하니까요."

"역시 넥서스 아카데미는 규모가 다르네요. 그런 의미에서 저도 내일 그 시험을 치릅니다."

"네? 수호 씨가요?"

"예, 제가 아직 미등록 헌터거든요. 아, 참고로 플레이어 각성은 오늘 했습니다."

"……?"

수호의 말에 김수애는 순간 자신의 귀를 의심하며 두 눈을 껌뻑거렸다.

당연했다.

저 말이 사실이라면 오늘 각성한 사람이 미전조 게이트를 공략했다는 말이 되니까.

그리고 그건 김수애가 가진 상식선에선…… 아니, 보통의 사람들이 가진 상식선에선 절대로 이해가 안 되는 것이었다.

김수애는 너무 당황한 나머지 말까지 더듬으며 재차 사실을 확인했다.

"자, 잠시만요. 제가 지금 제대로 들은 게 맞나요? 그러니까 수호 씨는 오늘 각성을 하셨고 내일 헌터면허 시험을 치르는 미등록 헌터시라는 거죠? 근데 오늘 신도림에서 발생한 미전조 게이트의 단독 공략자이시고?"

"네, 제대로 들으셨네요."

"세상에……."

제대로 들었단다.

그럼 저게 사실이라는 건데 이게 말이나 되는 소리일까?

김수애의 입이 벌어지자 수호가 이어서 설명을 덧붙였다.

"아무튼 그런 연유로 오늘 게이트 공략을 마치자마자 대헌협에 가서 서류 등록을 했더니 거기 계신 관계자분이 힘을 좀 써 주셔서 저도 내일 필기랑 실기시험을 볼 수 있게 됐습니다. 그래서 여길 온 겁니다. 전 내일 올해 시험의 수석 자리를 노려볼 생각이거든요."

얼핏 들으면 굉장히 오만한 자신감처럼 들릴 수도 있었으나 수호는 절대로 그렇게 생각하지 않았다.

아니, 자신이 전체 수석이 될 것이란 걸 이미 확신하고 있었다.

당연했다.

5대 재앙 중 하나를 무너뜨렸던 자신이다.

그런 수호에게 헌터면허 시험은 애들 장난 수준에 불과했으니까.

말을 마친 수호가 대접받은 냉차를 홀짝인다.

김수애는 벌어진 입을 도무지 다물 줄 몰랐다.

그러나 이내 입을 닫고 안경을 고쳐 쓴 뒤 차분하게 질문했다.

"말씀하시는 것만 들어 보면 사실상 수석 자리를 거의 확신하고 계시는데…… 혹시 관련 학과를 나오셨거나 오랫동안 시험 준비를 하셨나요?"

"그런 건 아닙니다."

그 말에 김수애가 미간을 좁혔다.

“……근데도 그런 말씀을 하시는 건 조금 오만한 말씀이 아니실까요? 미전조 게이트를 단독 공략하신 건 분명 대단한 일이지만 헌터 시험은 또 다른 문제입니다. 매년 평균 합격률이 20%도 안 되는 게 헌터 시험인데 어떻게…….”

“그러니까 제안드리는 겁니다. 만약 제가 수석을 못 하면 그냥 똥 밟은 셈치고 무시하시면 되잖아요? 장학금은 제가 정말로 수석이 됐을 때 주시면 됩니다.”

이건 원래 재수 학원에서나 많이 써먹던 방법이다.

헌터 아카데미도 가끔 이런 제안을 한다고 하긴 한다만 보통 그 기수의 수석이나 차석들은 대형 길드에서 대놓고 키우는 엘리트인 경우가 많아 실제로 이런 식의 장학생 계약이 성사되는 경우는 잘 없다.

그래서 수호가 먼저 제안한 것이다.

이런 경우는 말 그대로 드물었으니까.

김수애가 물었다.

“그럼 한 가지만 더 여쭤보겠습니다. 장학금이 목적이시면 업계 1위의 헥사곤도 있고 2위의 프라임도 있는데 왜 3위인 저희 넥서스를 찾아주신 걸까요?”

“넥서스가 가장 아쉬울 테니까요.”

“네?”

“제가 알기로 요 근래 몇 년간 넥서스 아카데미에서 수석과 차석을 배출하지 못하고 있는 걸로 알고 있습니다.

규모는 국내에서 제일 크지만요."

"그건……."

의표를 찌르자 김수애가 말을 잇지 못했다.

사실이었기 때문이다.

그러나 이내 헛기침을 하며 변명 아닌 변명을 늘어놓았다.

"흠흠, 그건 사실입니다만…… 근데 원래 수석이나 차석 자리 같은 건 대형 길드에서 오랫동안 키운 유망주들이 차지하는 자리라 저희는 그런 것엔 별로 연연……."

"그럼 제 제안에도 별로 관심이 없으신 거네요? 알겠습니다. 그럼 헥사곤이나 프라임에 가서……."

"아, 아뇨! 누가 관심 없다고 했습니까? 에이, 성격이 너무 급하시다."

수호가 자리에서 일어나자 깜짝 놀란 김수애가 얼른 수호를 붙잡았다.

당연했다.

이건 어찌 보면 호박이 넝쿨째 굴러 들어온 상황.

가뜩이나 수석과 차석을 배출하지 못하고 있는 것에 스트레스받고 있던 김수애로선 절대로 거절할 수 없는 달콤한 제안이었으니까.

자신을 붙잡는 김수애의 모습에 수호는 물끄러미 그녀를 쳐다보았다.

그러더니 자리에 앉으며 말했다.

"그럼 수락하시는 걸로 알아도 되겠습니까?"

"예, 이런 제안을 주셔서 저흰 너무나도 감사하죠. 그럼 이제……."

"예. 장학금에 대해 논의해 볼까 합니다."

이게 최종 핵심이었다.

수호는 애초에 돈 때문에 여길 온 거였으니까.

김수애가 물었다.

"좋습니다. 그럼 얼마나 생각하고 계신지 먼저 여쭤봐도 될까요?"

"학원에서 공식적으로 지급하는 수석 합격자의 장학금이 얼만가요?"

"공식적으로는 그해 학원비 전액 환급에 합격 축하금으로 따로 3천만 원 지급하고 있습니다. 그리고 수험생만 원한다면 저희 넥서스 길드에 바로 입사할 수도 있습니다."

3천.

확실히 헌터 아카데미들 중에선 가장 큰 액수를 지급한다.

하지만 수호는 겨우 3천 받자고 여기 온 게 아니었다.

"그렇군요. 공식적인 액수는 잘 알았습니다. 하지만 저한테까지 공식적인 액수를 지급하실 건 아니시죠?"

"당연히 아니죠. 혹시 원하는 금액을 먼저 들어 볼 수 있을까요?"

"세금 제할 거 다 제하고 3억 정도 생각하고 있습니다."

"3, 3억이요?"

"예."

"그, 그건 너무 많지 않나요?"

김수애의 입이 다시 한번 더 벌어졌다.

그러나 수호의 뜻은 확고했다.

"많다고 생각하시면 안 하시면 됩니다. 전 다른 곳에 가서 똑같이 제안하면 되니까요. 하지만 정말로 제가 수석으로 합격했을 때 그로 인해 발생하는 부가 효과를 생각하시면 3억은 결코 많은 돈이 아닐 텐데요?"

그 말에 김수애는 자기도 모르게 고개를 끄덕였다.

그도 그럴 게 넥서스 아카데미는 수호의 말마따나 매년 학원 광고비로만 억 단위의 돈을 쏟고 있었으니까.

'확실히 신도림역 미전조 게이트를 단독 공략한 화제의 인물이 사실은 우리 학원 출신이란 게 알려지면…….'

그 효과로 파생되는 경제적 이익은 3억을 우습게 뛰어넘을 터.

더 고민할 이유가 없었다.

"알겠습니다. 3억 지급하겠습니다."

계약이 성사되는 순간이었다.

수호가 웃으며 말했다.

"잘 생각하셨습니다. 그럼 계약서를 준비하시는 동안 잠시 학원을 좀 둘러봐도 될까요? 나중에 따로 설명해 주시겠지만 개인적으로 한번 여길 좀 둘러보고 싶어서요."

"당연히 되죠. 아, 혹시 연락처를 알려주시면 계약서가 준비되는 대로 제가 바로 연락드리겠습니다. 오래는 안 걸릴 겁니다."

"네, 제 번호는……."

굳이 계약서를 작성하는 이유는 혹시 모를 이중 계약을 방지하기 위함이었다.

'사회에서 계약은 필수지.'

하물며 한두 푼도 아닌 3억이나 되는 돈이 오가는데 말이다.

연락처 교환을 마친 수호는 자리에서 일어나 천천히 넥서스 아카데미를 구경하기 시작했다.

'과연 국내 최대 규모라 그런지 크기부터가 다르네.'

넥서스 아카데미의 규모는 굉장했다.

체력 트레이닝 센터와 기숙사는 물론, 모의 훈련장부터 필기시험을 위한 자습실과 도서관, 식당 등 수많은 편의 시설들이 존재했는데 국내 최초이자 최대 규모의 아카데미를 짓기 위해 일부러 파주에 터를 잡은 것이라고 들었다.

그래서 넥서스 아카데미의 또 다른 별명은 마치 마을 같다고 하여 넥서스 빌리지라 불렸다.

'아카데미 보니까 옛날에 수험생이었을 때가 생각나네.'

물론 수호는 아카데미 출신이 아니었다.

보통 이런 식의 기숙사형 아카데미는 한 달 수강료가 어마어마하게 비싸서 수호에겐 언감생심 같은 것이었으니까.

그래도 독학으로 혼자 열심히 공부해서 첫해에 한 번만에 붙었다.

적성 검사도 훌륭하게 나왔다.

그땐 치유사가 아니라 전사 클래스를 택했었으니까.

그렇게 얼마간 학원 시설들을 둘러보던 중 수호는 개인 훈련장으로 들어갔다.

그곳에는 수많은 수험생이 각자 클래스에 맞춰 개인 훈련들을 하고 있었는데 정규 수업 시간은 아닌지 그 수가 그렇게 많지는 않았다.

그때 한 무리의 학생들이 수호의 눈에 띄었다.

'쟤넨 검사 테크 타는 애들인가 보네.'

단검부터 장검까지 다양한 형태의 검을 들고 검술을 익히고 있는 학생들.

근데 아무리 봐도 폼들이 어설프다.

당연했다.

저들은 아직 현장이라곤 한 번도 나가 본 적이 없는 운 좋게 플레이어 각성만 이룬 학생들이었으니까.

그때, 수호의 눈에 생각지도 못한 사람이 보였다.

'강대한?'

잘못 본 게 아니었다.

기억의 도서관을 통해 새롭게 정립된 수호의 기억은 그 누구보다도 정확했으니까.

게다가 190cm에 120kg 정도 되는 거대한 덩치, 거기다 머리까지 빡빡 민 사람을 어떻게 쉽게 잊을 수 있을까?

'강대한이 넥서스 출신이었다니.'

수호자 강대한.

그는 미래에 한국에서 이름깨나 날리는 헌터로 국내에선 손꼽히는 탱커 중에 하나였다.

수호도 강대한과 몇 번 정도 함께 공략대를 구성한 적이 있을 정도.

그렇기에 확실했다.

저 헤어스타일과 저 커다란 덩치.

저것들은 강대한의 시그니처였으니까.

근데 눈앞의 강대한은 좀 이상했다.

그는 자신의 몸집만 한 거대한 도끼를 휘두르고 있었는데 수호가 아는 강대한은 도끼가 아닌 방패잡이 출신이었으니까.

'그렇군. 아직 적성을 발견하지 못한 거였어.'

그 순간, 수호의 머릿속에 좋은 생각이 떠올랐다.

'잘됐네. 이왕 이렇게 된 거 미리 약을 좀 쳐 둘 필요가 있겠어.'

강대한은 훗날 넥서스 소속이 된다.

하지만 지금 미리 면을 터 두고 친분을 쌓아 두면 넥서스가 아닌 대헌협으로 데리고 올 수 있을지도 모른다.

'아니, 수호자 강대한이면 반드시 대헌협으로 데리고 와야지.'

개인이 아무리 강해도 세상 모든 일을 해결할 순 없다.

문제는 여러 곳에서 각기 다양한 방식으로 터지기 마련이니까.

그렇기에 수호는 자신의 손발이 되어 줄 인재들을 미리미리 확보해 둘 생각이었다.

'어차피 아카데미를 좀 둘러본다고 했으니까 괜찮겠지?'

결심을 마친 수호는 즉각 훈련장 아래로 내려갔다.

다행히 훈련장은 별도의 출입카드 없이 입장이 가능했는데 학원복이 아닌 사복을 입은 사람이 나타나자 사람들의 시선이 수호에게로 몰렸다.

그러나 이내 흩어졌다.

여기가 학교도 아니고 사람들은 생각보다 타인에게 관심이 없었으니까.

마찬가지로 수호도 별로 신경 쓰지 않고 강대한에게 다가갔다.

"안녕하세요?"

"네? 아, 안녕하세요?"

수호의 인사에 강대한이 얼른 도끼를 내려놓고 인사한다.

가까이서 보니 역시 강대한이 맞다.

큰 덩치에 비해 선한 인상이나 사근사근한 목소리까지, 그래도 혹시 몰라 이름을 물어보려던 찰나, 추리닝처럼 만들어진 원복 가슴팍에 떡하니 '강대한'이란 이름 자수가 박혀 있는 걸 발견할 수 있었다.

'굳이 안 물어봐도 되겠네.'

수호가 말했다.

"혹시 전사 클래스이신가요?"

"네, 그렇습니다만…… 누구세요?"

"전 그냥 지나가는 관계자인데 제가 대한 씨를 좀 살펴보니까 꼭 말씀드리고 싶은 이야기가 있어서요."

관계자.

학원과 관계가 되어 있으니 관계자는 맞다.

그러니 거짓말은 아닌 셈.

수호의 말에 강대한이 손가락으로 자신을 가리키며 물었다.

"저한테요?"

"네. 혹시 대한 씨는 수험력이 어떻게 되세요?"

그 물음에 강대한이 조금 부끄럽다는 듯 말했다.

"올해로 3년 차입니다."

"그럼 내일 있을 시험도 보시겠네요?"

"네, 이번에도 신청했습니다."

"그렇군요. 그럼 혹시 실기시험 때도 그 배틀엑스로 응시하시는 건가요?"

"네, 그럴 예정입니다."

"굳이 배틀엑스를 선택하신 이유에 대해 여쭤봐도 될까요?"

"어…… 제가 근접 딜러 쪽을 지망하고 있는데 학원에서 상담을 좀 해 보니 이걸 추천해 주더라고요. 이런 무기는 아무나 다룰 수 없다고. 아, 단기 파괴력은 이런 게 최고라고 했습니다."

그 말에 수호는 뒷목이 아려 오는 걸 느꼈다.

아무리 덩치가 크다지만 스탯의 영향을 절대적으로 받는 플레이어에게 단순히 덩치가 크다고 이런 걸 추천해 주다니.

'이딴 곳이 국내 최대 규모 아카데미라…….'

새삼스레 현재가 참 옛날이라는 실감이 났다.

이때는 게이트로부터 인류가 안정을 찾은 지 얼마 되지 않은, 미래와 비교하면 많은 것들이 구닥다리인 시대였으니까.

수호가 고개를 저으며 말했다.

"절대 그렇지 않습니다. 무기는 자신이 다루기 편한 걸 써야 됩니다. 어차피 모든 플레이어들은 스탯의 보정을 받으니까요."

"어…… 그런가요?"

"네, 그리고 웬만한 기술의 숙련도도 스킬 보정 효과로 금방 채울 수 있습니다. 그 외의 것들은 개인의 노하우와 경험치에 따라 달렸지. 그런 의미에서 아까부터 쭉 지켜봤는데 배틀엑스는 강대한 씨한테 안 어울리는 것 같습니다."

"그, 그럼요? 근데 저 이거 3년이나 다뤘는데……."

그래서 더 문제라는 거다.

수호가 훈련장 한편에 마련된 유리벽으로 이루어진 무기고를 보며 말했다.

"저기 구석에 있는 카이트 실드 보이세요?"

"네, 보입니다."

"저걸 왼팔에 차고 오른손엔 한손잡이용 둔기를 하나 드세요. 그럼 지금보다 월등한 실기 점수를 낼 수 있으실 겁니다."

"어…… 그러니까 저더러 지금 하이브리드를 추천해 주시는 거죠?"

하이브리드.

최소 2개의 역할을 가진 포지션을 말하며 전사 클래스의 경우 서브 딜러와 서브 탱커를 합한, 소위 '멀탱'.

즉, 멀티 탱커가 대표적인 예였다.

"예, 멀탱을 추천드리는 겁니다."

"굳이…… 그럴 필요가 있을까요? 저 배틀엑스만 3년 다

뤘어요. 근데 이제 와서 포지션 변경은 좀…….”

미련이 많아 보인다.

하지만 수호의 기억 속에 강대한은 배틀엑스가 아닌 커다란 방패를 들고 있었다.

그 말인즉, 미래의 강대한은 스스로 한계를 느끼고 알아서 배틀엑스를 버렸다는 말.

그러니 부드러운 설명을 통해 그 시기를 앞당겨 줄 필요가 있었다.

그래야 강대한 같은 인재가 시간 낭비를 덜할 테니까.

“대한 씨, 파티의 중심이 뭐라고 생각하십니까?”

“글쎄요? 마법사?”

“아닙니다. 의외로 파티의 중심은 탱커입니다. 왜냐면 탱커가 어그로도 끌어 주고 마법사와 힐러도 지켜 줘야 파티가 제대로 돌아갈 수 있거든요.”

“그런 거면 아예 방패만 드는 게 낫지 않나요?”

틀린 말은 아니다.

애매하게 두 가지를 함께 운용하느니 한 가지만 전문적으로 파는 게 낫다는 의견이 한때는 지배적이었으니까.

하지만 시간이 흐르고 후반부 게이트에 변화가 생기면서 순수 탱커는 갈수록 설 자리를 잃게 된다.

‘후반부로 가면 탱커도 반격하지 않으면 힘든 난이도가 펼쳐지니까.’

강대한이 한국에선 손꼽히는 탱커였지만 끝끝내 월드 클래스가 될 수 없었던 게 바로 그런 이유 때문이었다.

뒤늦게 하이브리드로 포지션을 변경해 보았지만 이미 순수 탱커로서 오랫동안 경험치를 쌓아 왔다 보니 쉽게 적응하지 못했기 때문.

그래서 이번엔 처음부터 멀티 탱커 포지션을 추천하는 것이다.

나중이 되면 멀티 탱커의 시대가 오게 되니까.

수호가 대답했다.

"해외에서 발표한 게이트 연구 사례에 따르면 시간이 지날수록 순수 탱커가 설 자리는 점점 더 사라질 겁니다. 탱커도 방패 이외의 주력 무기를 하나쯤은 다룰 줄 알아야 보다 폭넓게 군중제어기를 사용하죠."

"아……!"

"그리고 배틀엑스가 순간적인 파괴력은 높겠지만 한번 공격한 이후에 생기는 딜레이가 너무 길어 그사이를 대비하지 못하면 금방 당하게 될 겁니다. 그렇다고 다른 탱커가 대한 씨를 보호하기엔 대한 씨의 덩치는 너무 크잖아요?"

"……!"

그 말에 강대한의 눈에 벼락이라도 떨어진 것처럼 번쩍 뜨였다.

이런저런 이유를 차치해도 이게 가장 와닿는 말이었기

때문이다.

“감사합니다. 듣고 보니 그런 것 같네요. 어차피 실기시험 때는 무기의 숙련도를 보는 게 아니니까요.”

“그쵸. 전사면 몬스터들을 상대로 얼마나 오래 버티냐를 보는 건데 기술의 숙련도는 딱히 의미가 없죠. 그리고 한손 둔기술은 기술도 많이 필요 없으니까 조금만 연습하셔도 금방 감을 잡으실 겁니다.”

“넵! 감사합니다!”

허리 숙여 감사 인사를 하는 강대한.

수호는 이외에도 강대한 같은 인물이 있나 하고 둘러봤지만 애석하게도 여기엔 딱히 기억나는 인물이 없었다.

그렇게 아카데미를 돌아보길 한참, 김수애 원장에게서 연락이 왔고 계약을 끝마칠 수 있었다.

다음 날.

김수애 원장과 장학생 계약도 체결하고 옛날에 살던 집도 찾은 수호는 남은 하루를 충분히 휴식한 뒤 다시 협회를 찾았다.

협회 앞은 여러 사람으로 인산인해였다.

당연했다.

오늘이 바로 헌터면허 시험 날이었으니까.

“자, 자, 각자 수험번호 순서대로 줄들 서 주시고 차례대로 검사 진행하겠습니다!”

십수 년 만에 다시 치는 헌터 시험이라 그런지 공기 자체가 반가웠다.

하지만 긴장되진 않았다.

아무리 평균 합격률이 20%도 안 되는 게 헌터 시험이라지만 그건 보통의 수험생들에게나 해당되는 말이었으니까.

수호는 협회에서 지급하는 시험복으로 갈아입은 뒤 혈액 검사와 소변 검사를 마친 후에야 필기 시험장에 들어갈 수 있었다.

‘혹시 모를 도핑 때문에 하는 검사라지만…….’

이런 건 별로 의미가 없었다.

그도 그럴 게 시험을 위해 진짜로 도핑하는 놈들은 약물이 아니라 스킬 버프 효과를 받아 오는 게 보통이었으니까.

하지만 그럼에도 이런 검사가 여전히 진행되고 있는 이유는 아직까진 도핑성 스킬 버프에 대한 이슈가 수면 위로 떠오르지 않았기 때문.

‘이참에 한번 이슈화시켜야겠군.’

과거로 돌아오니 앞당겨야 될 것들이 한두 개가 아니다.

수호는 이외에도 다른 계획들을 떠올리며 배정받은 자리에 앉아 있었는데 그때 마침 앞자리에 앉은 여자 하나가 수호의 눈에 들어오기 시작했다.

'이건 또 뭐야?'

어딜 봐도 지극히 평범해 보이는 여자.

그러나 수호에겐 느껴졌다.

여자의 몸에서 풍겨 나오는 비정상적인 마력 파장이 말이다.

감이 왔다.

스킬 도핑이었다.

'이것 봐라?'

스킬 도핑에 대해 떠올린 지 얼마나 됐다고 벌써부터 스킬 도핑 유저를 찾게 되다니.

수호는 눈앞의 여자가 스킬 도핑을 하고 있다는 확신이 있었다.

그도 그럴 게 여기 있는 모든 수험생들은 전부 다 입장 전에 가진 소지품들을 반납하고 옷도 전용 시험복으로 갈아입은 상태였으니까.

'게다가 시험 응시자면 전부 다 1레벨짜리 미등록 헌터일 건데 1레벨짜리한테 이런 마력 파장이 나올 수가 없지.'

수호처럼 특이 케이스가 아니라면 말이다.

덧붙여 헌터면허는 운전면허와 달리 한 번이라도 박탈당하면 두 번 다시 재응시할 수가 없기에 더더욱 확신이 있었다.

수호는 내친김에 주변 사람들 전부를 체크해 보기로 했다.

어려운 일은 아니었다.

끽해야 마력 파장을 느끼는 일이었으니까.

수호는 정신을 집중하여 주변에서 흘러나오는 사람들의 마력을 느끼기 시작했다.

그러자 눈앞의 여자 외에도 주변 사람들이 내뿜는 마력 파장을 느낄 수 있었다.

그때였다.

[마력을 구분하는 기감이 다른 사람들에 비해 매우 예민합니다.]

[시스템이 당신의 재능에 대한 심사를 시작합니다.]

[축하드립니다! 마력감지(B)를 터득하셨습니다.]

정신을 좀 집중했을 뿐인데 스킬이 생겼다.

하긴.

단순히 집중한다고 해서 대기 중의 마력을 구분해낼 정도면 확실히 재능의 영역이긴 하지.

그래서일까?

단순히 기감으로만 느껴지던 마력이 스킬 효과로 인해 보다 정확하게 사람들의 마력 파장이 구분되기 시작했다.

'역시 저 여자는 스킬이 맞군.'

마력감지 스킬을 가지게 되면 아이템 효과와 스킬 효과에 따른 마력 파장의 차이를 확실하게 구분할 수 있게 된다.

수호는 앞자리 여자 외에도 주변에 몇몇 사람들의 비정상적인 마력 파장을 느끼곤 속으로 한숨을 내쉬었다.

'아무리 옛날이라지만 참 개판일 때구만.'

하지만 지금 당장 수호가 할 수 있는 것은 없다.

자신도 수험생 신분인데다 지금은 시험을 치르는 중이었으니까.

게다가 부정 행위자가 한두 명도 아닌데 그 사람들을 일일이 신고할 수도 없는 노릇.

물론 그렇다고 방법이 아예 없는 건 또 아니었다.

수호는 시험장 2층에 마련된 통유리로 된 감시탑을 보았다.

그곳은 혹시 모를 부정행위 방지를 위해 2층에서 수험자들을 감시하는 곳이었는데, 거기에는 익숙한 얼굴 하나가 자신을 보고 있었다.

정철민이었다.

'역시 보러 왔군.'

그렇게 대놓고 꼬셨는데 여기에 안 왔을 리가 있나.

그렇기에 수호는 씩 웃으며 정철민에게 손을 흔들어 주었다.

그러자 정철민도 조용히 손을 흔들어 주었다.

이 정도면 이따 알아서 인사하러 올 테지.

이윽고 필기시험이 시작됐다.

*

'다행히 참석했군.'

정철민은 필기시험 참석자 목록을 살피던 중 수호의 이름이 있는 것을 확인하고 직접 수호의 참석 여부까지 확인했다.

그도 그럴 게 수호는 정말 오랜만에 보는 탐나는 인재였으니까.

그래서 말도 안 되는 소망이란 건 알지만 부디 이번 시험에 합격하길 바랐다.

그런데 이게 웬걸?

이 와중에 수호가 자신을 발견하고 손까지 흔들어 보인다.

'참 보면 볼수록 재밌는 친구란 말이야.'

저렇게까지 아는 체를 하는데 이왕 이리된 거 가서 응원이라도 해 줘야겠다는 생각이 든다.

아니, 한 번이라도 더 눈도장을 찍어서 어떻게든 대헌협에 들어오게 할 생각이었다.

이윽고 필기시험이 끝나고 실기시험장으로 사람들이 이동하자 정철민이 얼른 수호에게 다가갔다.

"시험 잘 보셨어요?"

"네, 뭐. 적당히 잘 본 것 같습니다. 근데 팀장님은 여긴 어쩐 일이세요?"

"지원 나왔습니다. 협회엔 항상 인력이 모자라거든요. 그래서 이런 큰 행사가 있는 날이면 부서 상관없이 다들 지원을 옵니다."

"그렇군요. 힘드시겠어요."

"하하, 아닙니다. 이런 적이 하루 이틀도 아니고 그나저나 준비 기간이 하루도 안 돼서 시간이 엄청 빠듯하셨을 텐데 자신감이 대단하시네요? 이번에는 문제도 엄청 어려웠다던데."

그 말에 수호가 피식 웃으며 말했다.

"그냥 풀 만하던데요, 뭐. 그보다 팀장님, 혹시 궁금한 거 하나만 물어봐도 되나요?"

"시험이랑만 관련 없으면 아무거나 상관없습니다."

"뭐 아주 관련이 없는 건 아니지만…… 아까 보니까 여긴 스킬 검사를 안 하던데 혹시 이유가 있나요?"

"스킬 검사요?"

"예, 소변 검사랑 혈액 검사는 하던데 스킬 검사는 따로 안 하시더라고요."

스킬 검사라는 말에 정철민이 그게 뭐냐는 표정을 짓는다.

역시.

이때는 아직 스킬 검사의 개념도 없을 때긴 하니까.

그러나 눈치가 아예 없는 건 아닌지 정철민이 미간을 좁히며 목소리를 낮췄다.

"왜 그러세요?"

"그냥 생각해 보면 그렇잖아요? 아이템으로 인한 부정행위를 방지하기 위해 소지품도 압수하고 옷도 시험복으로 환복시키는데 왜 스킬을 활용한 부정행위는 방지를 안할까 싶은 거죠."

그 말에 순간 정철민의 눈이 커졌다.

그러더니 아까보다도 더 목소리를 낮추며 물었다.

"……뭘 보셨군요?"

그 말에 수호가 씩 웃음을 지었고 정철민의 표정이 더더욱 굳어졌다.

정철민이 말했다.

"누군지 신고해 주세요. 그럼 저희가 바로 조치를 취하겠습니다."

"하하, 신고하기엔 저 또한 확실치가 않아서…… 그래서 스킬 검사에 대해 말씀드린 겁니다."

"어떤 느낌으로 스킬 검사를 말씀하시는 건지는 알겠습니다만…… 근데 지금 당장은 대책을 마련할 수 없을 것 같습니다. 스킬 검사라는 개념도 생소할 뿐더러 이 문제를 해결하려면 팀을 꾸려 방지책을 논의해야 하는데 그걸 지금 할 순 없지 않습니까? 그러니 그러지 마시고 차라리 신고를 해 주세요."

흠.

힌트는 다 줬다고 생각했는데 더 알려줘야 되는 건가.

어쩔 수 없지.

수호가 말했다.

“너무 어렵게 생각하시는데 굳이 팀까지 꾸려서 방지책 논의를 하실 필요가 있을까요?”

“네?”

“스킬 중에 마력감지라고 있잖습니까. 그걸 활용하면 쉽게 부정 행위자를 색출할 수 있으실 겁니다.”

“마력감지요?”

“네. 정확히는 마력감지를 통해 몸에서 방출되는 마력량을 검사하는 거죠. 팀장님도 게이트에 들어가 보셔서 아시겠지만 플레이어들은 스킬이나 아이템을 사용할 때마다 각자 발현되는 마력량이 다르잖아요? 근데 여긴 1레벨 플레이어들뿐이니 평균치 이상의 마력을 뿜는 사람들을 따로 검사하는 겁니다.”

“아!”

그 말에 정철민의 눈이 토끼처럼 커졌다.

거의 떠먹여 주다시피 했는데 이것도 못 알아들으면 멍청이나 다름없었으니까.

수호가 뒷말을 덧붙였다.

“물론 저는 마력량이 좀 높을 수도 있습니다. 다른 플레이어들과는 달리 전 얼마 전에 혼자 게이트를…….”

"아휴, 그건 당연히 알고 있죠. 그나저나 정말 감사드립니다. 이건 정말 생각지도 못한 조언이네요. 게다가 마력감지면 그리 희귀한 스킬도 아니니 금방 인원을 꾸릴 수 있을 것 같습니다."

"그럼 이번 시험부터 바로 적용하시는 건가요?"

"실기 때부터 바로 적용해 보겠습니다. 그나저나 미전조 게이트 단독 공략도 그렇고 이번에 해 주신 조언도 그렇고 수호 씨는 이미 프로 헌터라고 봐도 무방하겠는데요?"

"하하, 아닙니다."

"아뇨, 진심입니다. 그래서 사실 내부에서 특채 이야기도 나오긴 했는데 당장 다음 날에 바로 시험에 응시하셔서…… 하핫, 그러니 걱정 마세요. 만약 이번 시험에서 떨어지게 되셔도 제가 어떻게든 특채로 전형 한번 마련해 보겠습니다."

헌터시험 특채라.

그 말에 수호가 웃었다.

"아닙니다, 이왕 하는 거 정당한 방법으로 합격하는 게 좋죠. 대헌협 공채도 마찬가지입니다. 그래야 논란이 안 생기죠."

그 말에 정철민의 눈에 또 한 번 감동의 물결이 일었다.

"역시 수호 씨는……."

"그럼 전 실기시험 때문에 먼저 가 보겠습니다."

"네, 감사합니다. 아, 그리고 수호 씨."

"네?"

"전 개인적으로 수호 씨가 꼭 붙었으면 좋겠습니다. 그리고 할 수만 있다면 꼭 같이 일하고 싶어요."

그 말에 수호는 미소로 화답한 뒤 실기시험장으로 이동했다.

수호의 귀띔으로 정철민이 급하게 감독관들을 소집하는 사이, 실기시험장으로 이동한 수호는 시험장 곳곳에 마련된 '다이브 캡슐'을 보며 추억을 회상했다.

'이야, 저게 언제 적 버전이야. 진짜 오랜만에 보네.'

다이브 캡슐은 국내 대기업 연구소들이 힘을 합쳐 만든 가상현실 구현 장치로, 캡슐에 들어가 의식을 연결하면 가상의 세계 속으로 자신의 의식을 보낼 수 있는, 소위 '게임 판타지 소설'에서나 볼 수 있을 법한 그런 장치였다.

'옛날에는 가상현실 캡슐만 나오면 세상이 뒤집어질 거란 말들을 했었는데…….'

근데 그 전에 세상이 더 빨리 뒤집혀 버렸다.

하지만 그럼에도 가상현실에 대한 인기는 여전했고 지금처럼 플레이어들을 위한 훈련 장치로도 많이 쓰였다.

물론 미각성자들 사이에선 가상현실 게임이 유행하기도

했고.

그때, 아까 시험 과정을 소개한 감독관이 갑자기 긴급 공지를 알리기 시작했다.

"수험생분들께 알립니다! 잠시 다이브 캡슐 이슈 문제로 시험을 2시간만 연기하겠습니다. 수험생분들은 그동안 시험장 내에 마련된 휴게소나 훈련장을 이용하시며 잠시 대기하시면 되겠습니다!"

갑작스런 연기 소식.

왜 그런가 싶어 돌아가는 상황을 봤는데 대번에 이해가 됐다.

캡슐 이슈는 핑계였다.

수호의 귀띔에 정철민이 이런저런 조치를 취하고 있는 게 보였으니까.

'캡슐 입장 전에 마력감지를 실시할 생각인가 보네. 역시 철민이 형이야, 일을 참 잘해.'

실기시험 시간이 좀 밀리긴 했지만 그래 봤자 2시간이다.

그 짧은 시간에 부정행위 적발 인력을 마련한다는 것 자체가 일을 잘한다는 증거.

수호는 마침 시간도 남은 김에 천천히 수험생 구경을 해보기로 했다.

이번 시험부터 스킬 감지가 적용돼 부정행위자들이 대거 적발되면 옛날보다 합격률이 더 밑으로 떨어질 건 안

봐도 뻔한 일이었으니까.

'이번 기수 응시자가 1,200명이랬지 아마?'

많기도 하다.

거기다 평균 합격자가 20%도 안 되는데 수호가 기억하기로 이번 기수의 합격률은 10%도 안 된다고 들었다.

그래서 내년엔 일부러 시험 난이도가 조금 정정됐을 정도.

'다시 말해 이번 시험에 합격하는 사람들이 진정한 알짜배기 실력자라는 것.'

그렇기에 더더욱 수험생들을 눈여겨볼 필요가 있었다.

만약 이 중에 쓸 만한 사람이 있다면 수호자 강대한처럼 어떻게든 꼬드겨서 대헌협 소속…… 정확히는 수호의 휘하 아래에 둘 필요가 있었으니까.

그렇게 훈련장을 누비던 중 수호는 생각지도 못한 사람을 발견할 수 있었다.

'어? 저 사람…… 아니, 저놈은?'

잘못 봤나 싶어 가까이 다가가서 봤더니 들고 있는 연습용 무기도 그렇고 제대로 본 게 맞았다.

'박용, 저 자식이 이번 기수였어?'

처진 눈에 자신의 검을 끌어안고 벽에 기대 졸고 있는 남자.

그의 이름은 박용.

허술해 보이는 겉모습과는 달리 그는 미래의 대형 범죄

자…… 아니, 헌터들만 골라서 죽이는 희대의 연쇄살인마가 되는 초대형 범죄자였다.

Chapter 3

확실했다.

그도 그럴 게 박용의 목숨은 자신이 거두었으니까.

'저 미친놈이 이번 기수였다니.'

박용은 미친놈이라고 불릴 만했다.

아니, 진짜 미친놈이었다.

그것도 검과 힘에 미친놈.

검을 미친놈처럼 잘 다룸과 동시에 검술에 미쳐 있어서 별명도 광검(狂劍)이었다.

수호가 눈을 좁혔다.

'그럼 만약 나랑 재랑 둘 다 붙으면 동기가 되는 건가?'

맞았다.

물론 업계에선 동기나 선후배 같은 걸 별로 안 따지긴 하지만 굳이 따지자면 그렇다는 것.

그리고 박용은 아마도 합격할 것이다.

녀석의 데뷔 정보는 본 바가 없어 기억이 안 나지만 녀석은 수호가 인정하는 세계의 검술 천재들 중 하나였으니까.

'흠.'

수호가 자신의 턱을 어루만지며 잠시 생각에 잠겼다.

박용은 전형적인 실력우월주의자로 모든 것을 힘으로만 판단한다.

게다가 힘에 대한 갈증도 심해서 틈만 나면 고수들을 찾아 싸움을 걸었는데 그게 헌터 연쇄살인마가 된 이유였다.

그렇기에 할 수 있을 때 최대한 예방 조치를 취해야만 했다.

이대로 모른 척했다간 또 어떤 애꿎은 피해자가 나올지 몰랐으니까.

'귀찮지만 어쩔 수 없지.'

머리를 굴리던 수호는 적당한 방법을 떠올리고 박용에게로 다가갔다.

그런 다음 가슴팍에 붙은 이름표를 한번 살핀 후 그가 박용임을 한 번 더 확인한 후에 말을 걸었다.

"안녕하세요?"

"……?"

수호를 슬쩍 보더니 이내 시선을 돌리는 박용.

그래.

넌 이런 놈이었지.

약해 보이는 놈한텐 조금도 관심을 주지 않는.

하지만 반대로 강자에겐 스토커만큼이나 집착했던.

그렇기에 수호는 박용을 다루는 법을 그 누구보다도 잘 알았다.

수호가 재차 물었다.

"제 이름은 안수호라고 합니다. 칼 들고 계신 걸 보니 검사 지망생이신 것 같은데 저랑 대련 한판 어떠세요?"

수호는 가지고 온 연습용 목검을 흔들어 보이며 말했다.

그러자 박용이 인상을 구기며 말했다.

"꺼져."

"네?"

"꺼지라고."

시니컬하게 대답하는 박용.

역시 예상대로다.

하지만 그런다고 내가 포기할 줄 알고?

수호가 한쪽 입꼬리를 올리며 물었다.

"말씀이 지나치시네. 혹시 겁나서 그러시나?"

그 순간, 수호를 피해 비스듬하게 걸쳐 있던 시선이 순식간에 수호에게로 날아와 꽂혔다.

아휴, 무서워라.

누가 박용 아니랄까 봐 실력 이야기에 엄청 예민하게 반응하네.

박용이 눈살을 찌푸리며 물었다.

"방금 뭐라고 했냐?"

"쫄려서 피하는 거냐고."

"너 뭐 좀 되냐? 왜 이렇게 건방져?"

"뭐 좀 되면? 왜, 한번 확인해 볼래?"

"……하!"

그 말에 박용이 자리에서 벌떡 일어났다.

"안 그래도 좆밥들만 있는 것 같아 지루했는데 마침 잘 됐네. 그래, 어디 한번 확인해 보자. 덤벼."

"진작 그럴 것이지. 따라와. 저기 대련장 있으니까 저기서 붙자고."

"……미친 새끼."

수호의 당당한 태도에 박용이 도리어 실소를 터뜨린다.

살다 살다 이런 놈은 처음 봤기 때문이다.

다행히 박용은 수호의 제안대로 대련장으로 함께 이동해 주었다.

아무리 대기 중이라지만 지금은 시험 중이었고 박용도 시답잖은 이유로 헌터시험에서 떨어지긴 싫었으니까.

"대련이요? 네, 뭐…… 알겠습니다."

대련 중재 요청에 감독관이 조금 놀란 표정을 짓다가 다시 고개를 끄덕인다.

이런 놈들이 처음은 아니었으니까.

이윽고 감독관을 포함한 세 사람은 훈련장 한편에 마련된 임시 대련장으로 이동했다.

당연히 대련 중인 사람은 없었다.

중요한 시험 날에 부상이라는 위험한 변수를 만들고 싶은 사람은 아무도 없었으니까.

그래서일까?

갑작스런 대련 소식에 지루해하던 수험생들이 구경을 위해 하나둘씩 모여들기 시작했다.

감독관이 말했다.

"두 분 다 협회에서 지급한 연습용 무기만 사용이 가능하고 대련이니만큼 분위기가 너무 과열되면 제가 임의로 중지시키겠습니다. 또 지금은 시험 중이니까 최대한 조심하셔야 하구요. 여기서 다치시면 본 시험을 못 치르실 수도 있다는 점 주의하시길 바랍니다."

이외에도 두 사람은 대련 중 입은 상처에 대해 서로 책임지지 않아도 된다는 것에 동의한 후 그제서야 거리를 벌릴 수 있었다.

그 광경을 본 구경꾼들이 저마다 한마디씩 얹기 시작했다.

"이야, 저놈들 좀 보게?"

"어떻게 오늘 같은 날을 못 참아서 저 지랄이냐?"

"관종이지, 관종."

"됐고, 누가 이길 것 같냐?"

"난 저기 눈매 처진 놈이 이길 것 같은데?"

"왜?"

"원래 만화 같은 거 보면 실눈이나 눈 처진 놈이 실력자잖아."

"그것도 맞지."

눈매 처진 놈은 박용을 말했다.

그 말에 수호가 피식 웃었다.

'틀린 말은 아니다만 이번만큼은 다를 거다.'

박용도 대단하긴 하지만 저놈보다 더 대단한 게 바로 자신이었으니까.

이윽고 감독관이 시작을 알렸다.

그와 동시에 박용이 바로 겨눔세를 취했다. 그런데.

"얼레?"

"저놈 좀 봐라?"

"쟤는 왜 칼도 안 뽑고 저러고 서 있냐?"

바로 겨눔세를 취한 박용과는 달리 수호는 검도 뽑지 않고 허리춤에 찬 채 제자리 그대로 서 있었다.

그 모습에 누군가는 신기해했고 누군가는 건방 떤다며 고개를 저었다.

"저 새끼 저거 하는 짓 좀 봐라, 실력도 없는 게 겉멋만 잔뜩 들어가지고 분명 어디서 검사 캐릭터 보고 뽕에 취한 오타쿠일 거다. 분명해. 100%야.”

“그러다 진짜 실력자면 어떡하려고?”

“그럼 오늘 시험 던지고 바로 제육 먹으러 간다.”

“안 하기만 해?”

사람들의 조롱만큼이나 인상을 찌푸린 건 박용도 마찬가지였다.

“지금 뭐 하는 거냐?”

“뭐 하긴, 너랑 대련 중이지. 얼른 덤비기나 해.”

“이 새끼가 진짜…….”

허리춤에 칼을 찬 채 준비 자세도 취하지 않는 수호를 보며 박용은 이를 부득 갈았다.

그렇기에 다짐했다.

오늘 합의금을 물어 주는 한이 있더라도 반드시 저놈의 뼈 한 군데…… 아니 두세 군데는 반드시 부러뜨려 놓겠다고.

다짐을 마친 박용이 매섭게 수호에게 달려들었다.

허나 수호는 여전히 제자리에 가만히 서 있었고 박용의 검이 지척까지 다가와 코앞에 드리운 순간이었다.

붕!

허공을 가르는 소리.

그 순간 박용의 눈이 접시만큼 커졌다.

분명 닿아야 할 곳에 아무것도 없었기 때문이다.

수호는 슬쩍 몸을 틀어 박용의 공격을 피했다.

초심자의 행운 같은 건가?

그래, 로또도 매주 당첨자가 나오는데 첫 공격은 피할 수도 있겠지.

그리 생각하며 연계 동작으로 바로 허리를 틀어 회피한 방향으로 다시 한번 검을 휘둘렀다.

아니 휘두르려고 했다.

턱!

목검이 휘둘러지려는 순간, 칼등 위에 무언가가 얹어졌다.

놀랍게도 그것은 수호의 발이었다.

힘이 폭발하기 전에 먼저 발을 얹어 검을 못 휘두르게 막은 것이다.

그 일련의 행위에 박용이 깜짝 놀란 나머지 두 손으로 검을 밀었다.

강제로라도 수호를 밀어내 거리를 벌리려고 하지만 수호는 마치 바위처럼 꿈쩍도 하지 않았다.

피식.

끙끙댐과 동시에 당황하는 박용의 모습을 보자 수호는 자기도 모르게 웃음이 터졌다.

그래.

당황스럽겠지.

하지만 어쩔 수 없을 것이다.

지금 수호의 레벨은 10.

단언컨대, 전국의 미등록 헌터들 중…… 아니, 이 세상에 존재하는 모든 미등록 헌터들 중 가장 높은 레벨과 가장 높은 스탯을 가졌을 것이다.

그도 그럴 게 미등록 헌터는 절대로 게이트에 들어갈 수 없다는 게 세계헌터법이었으니까.

그때였다.

발바닥으로 박용의 움직임을 봉쇄한 수호가 힘껏 발을 밀어 박용을 저 멀리 밀어냈다.

그러자 박용은 압도적인 스탯 차이를 극복하지 못하고 저만치 밀려나 하마터면 넘어질 뻔했다.

그 광경에 주변은 일순 찬물이라도 끼얹은 것처럼 침묵의 도가니가 되었다.

다들 개싸움이 벌어지거나 한쪽이 일방적으로 얻어맞을 줄 알았는데 이런 식으로 대련이 흘러갈 줄은 전혀 상상도 못 했기 때문이다.

그리고 그건 감독관도 마찬가지였다.

'뭐, 뭐야, 저 사람?'

감독관은 전날까지 헌터시험을 준비하느라 잠도 제대로 못 자 몹시 피곤한 상태였다.

그런데 수호의 실력을 보더니 졸음이 싹 달아났다.

여태 많은 수험생을 보아 왔고 대형 길드에서 밀어주는 입시 엘리트도 많이 봤지만, 수호 같은 케이스는 난생처음

보는 것이었으니까.

수호가 웃으며 말했다.

"뭐 하냐, 또 안 덤비고? 설마 포기?"

"너……!"

박용은 치밀어 오르는 분노에 순간 이를 부득 갈았으나 이내 화를 삼키며 한쪽 입고리를 끌어 올렸다.

처음엔 우스꽝스런 모습으로 농락당해 화가 났으나 실력주의자인 박용은 바로 수호의 실력을 인정해 버린 것.

그도 그럴 게 검술에 대해서만큼은 그 누구보다도 진심인 박용의 눈에는 보였다.

좀 전의 그건 초심자의 행운이라든가 스킬 같은 게 아닌 '진짜배기'라는 걸.

그렇기에 박용도 자세를 바꾸었다.

"너 재밌다, 왜 나한테 그리 여유를 부렸는지 알 만하네. 그러니까 이제부턴 나도 진지하게 상대해 줄게."

"아까도 엄청 진지해 보이던데?"

"그래, 아까도 진지했지."

입꼬리를 올리는 박용.

그런데 그 미소가 굉장히 섬뜩하게 느껴지는 게 잠깐이었지만 원래 수호가 알던 진짜 박용 특유의 광기를 엿본 것 같았다.

그래서 참 만족스러웠다.

'자식, 이제야 제대로 발동 걸렸나 보네.'

잘됐다.

애초에 그걸 노린 거였으니까.

수호는 박용이 자신에게 꽂혔으면 했다. 그래야 자신을 꺾기 전까지 다른 사람들에게 눈길도 안 줄 테니까.

자세를 바꾼 박용이 다른 모양의 겨눔세를 취했다.

그것을 본 수호의 입이 동그랗게 말렸다.

그도 그럴 게 녀석이 지금 취한 자세는 박용이 쓰는 오리지널 검술, '용검술'의 기본 자세였으니까.

'용검술도 참 오랜만에 보네, 알 만한 사람들은 저걸 용검이 아니라 '광룡검'이라 부르긴 했지만.'

광룡검이라 불린 이유?

별것 없다.

녀석의 별명이 광검이고 이름이 박용이라서.

그나저나 아직 헌터면허도 없는데 오리지널 검술을 터득했을 리는 없고 아직은 기본 검술 정도이려나?

그 순간, 박용이 수호와의 거리를 한순간에 좁혀 들어왔다.

보통 움직임이 아니다.

이건 보법 스킬에 대한 보정이 확실했다.

하지만.

'보법은 나도 있지.'

수호의 시선은 박용을 그대로 좇았다.

그리고 마치 컴퓨터로 계산한 것처럼 녀석이 검을 휘두르자마자 반 박자 빠르게 몸을 틀어 눈앞으로 검이 지나가는 걸 구경했다.

한 번.

두 번.

심지어 세 번째까지도.

세 번의 공격이 연달아 빗나갔으나 박용은 전혀 분노하지 않았다.

그렇다고 미친놈처럼 웃지도 않았다.

박용은 눈을 희번뜩거리며 수호에게 무서울 정도로 집중하고 있었는데 그 모습을 본 수호는 네 번째 공격이 이어지려던 찰나에 순간적으로 이마를 들이밀었다. 그러자.

콩!

가벼운 둔탁음.

수호의 이마가 박용의 인중에 닿았다.

두 손은 여전히 허리춤에 붙인 상태로.

박치기였다.

그러자 갑작스런 인중 박치기에 놀란 박용이 두세 걸음 뒤로 물러났다.

그리고 입을 감싸 쥔 채 매우 황당하다는 표정으로 수호를 쳐다보았다.

그때였다.

"……하?"

"하하?"

"와하하하하!!"

박치기가 이어진 직후, 별안간 주변 사람들의 박장대소가 터졌다.

분명 매우 살벌한 분위기라 생각했는데 좀 전의 가벼운 박치기로 그 분위기가 완전히 박살 나 버렸기 때문이다.

게다가 살기등등한 박용이 당황한 모습도 웃음 포인트라면 웃음 포인트였다.

"쟤가 센 거냐? 아님 쟤가 약한 거냐?"

"크흐흐! 인중 박치기 뭐냐, 진짜. 개웃기네."

"와, 근데 그 와중에 허리춤에 손 딱 올리고 박치기 먹인 클래스 봤냐?"

"쟤 어디 학원 출신이냐? 실력 장난 아닌데?"

"바보야, 저 정도 클라스면 보통 대형 길드에서 키우는 유망주일 가능성이 높아."

"그런가?"

무거운 분위기가 단숨에 뒤집혔다.

동시에 수호도 주목받기 시작했고.

그도 그럴 게 좀 전의 공격은 좀 우스꽝스러워 보이긴 해도 알 만한 사람은 모두 알 정도로 정말 대단한 반격이었으니까.

그러자 입을 감싸 쥔 박용이 어이가 없다는 듯 헛웃음을 터뜨렸다.

그러더니 이내 곧 여태 본 것 중 가장 살벌한 표정과 더불어 정말로 사람을 죽일 것만 같은 날카로운 살기를 내뿜기 시작했다.

'이야, 살기 한번 장난 아니네. 근데 이런 분위기면…….'

슬슬 위험하겠어.

그래서 이제 그만 끝내기로 했다.

여기서 박용의 자신감을 더 깎았다간 정말로 큰일이 벌어질 것만 같았으니까.

그런 상황은 사절이었다.

수호가 말했다.

"이번엔 내가 먼저 간다."

그 말과 함께 수호가 가볍게 보법을 구사하며 순식간에 거리를 좁혔다.

박용이 펼친 보법과는 비교도 안 될 정도로 빠른 보법이었다.

그에 당황한 박용이 뒤늦게 검을 뽑으려 하였으나 수호는 손을 뻗어 뽑으려는 칼자루 끝을 눌렀다.

그런 다음 남은 손을 펼쳐 손바닥으로 박용의 아래턱을 밑에서 위로 끌어 올려쳤다.

퍼어억!

일부러 조금 세게 쳤다.

그래야 기절할 테니까.

그러자 아니나 다를까……

털썩!

수호의 완력을 견디지 못한 박용이 그만 정신을 잃고 말았다.

그때였다.

[손바닥 타격에 대한 이해도가 매우 높습니다.]

[시스템이 당신의 재능에 대한 심사를 시작합니다.]

[축하드립니다! 손바닥 치기(B)를 터득하셨습니다.]

새로운 스킬을 하나 얻었다.

이름은 손바닥 치기.

수호는 알림을 지운 후 손바닥을 털고 감독관에게 다가갔다.

"그냥 기절만 시킨 거니까 깨어날 때까지 뒤처리 좀 부탁드릴게요."

"네? 아, 네……!"

"그럼."

수호는 예의 바르게 부탁한 후 자리에서 벗어났다.

박용과의 첫 만남은 이 정도면 충분했으니까.

＊

이윽고 두어 시간이 지나자 캡슐 이슈 문제가 해결되었다며 실기시험이 다시 재개되었다.

수호는 캡슐이 마련된 단상 위를 보았다.

그곳에는 캡슐마다 배치된 기존의 감독관들을 제외하고 새로운 사람들이 추가로 배치된 걸 볼 수 있었는데 얼핏 보면 캡슐 기술자처럼 보였지만.

'저 사람들이 스킬 검사관인 모양이네.'

저들의 진짜 정체는 수호의 요청에 의해 급하게 소집된 스킬 검사관들이었다.

물론 그중에는 정철민도 있었다.

'급하게 준비한 것치곤 꽤 인원을 넉넉하게 모았네. 철민이 형이 고생 좀 했겠어.'

수호가 만족스러움에 고개를 끄덕이기도 잠시, 이내 곧 천장에 매달린 수십여 개의 전광판으로부터 수험생들의 번호가 무작위로 떠오르기 시작했다.

"공정성을 위해 번호는 무작위로 추첨하겠습니다. 호명되신 분은 5분 내로 출석해 주셔야 하며 미출석 시 자동으로 실격 처리됩니다!"

수호는 잠자코 자리에 앉아 단상 위로 오르는 수험생들을 구경했다.

그러자 얼마 뒤, 몇몇 수험생들이 스킬 검사관과 함께 뒷문으로 자리를 이동하는 걸 볼 수 있었다.

부정행위가 의심되는 자들이었다.

'역시 철민이 형, 일 잘한다니까.'

저들이 굳이 형광 조끼까지 입어 가며 신분을 감춘 이유는 부정행위 의심자들의 난동을 최대한 방지하기 위해서였다.

아마 저런 조치를 취한 것도 다 정철민의 아이디어겠지.

덕분에 부정행위 의심자들은 검사관과 함께 나간 뒤 두 번 다시 돌아오지 못했고,

동시에 아무런 소란 없이 계속해서 다른 부정행위자들을 방심시킬 수 있었다.

그로부터 얼마 뒤, 드디어 수호의 번호가 전광판에 떠올랐다.

'드디어 내 차례네.'

수호는 가벼운 발걸음으로 단상 위에 올라갔다.

그리고 우연인지 의도된 건진 모르겠지만 때마침 정철민이 검사관으로 있는 캡슐로 배정받을 수 있었다.

수호는 조용히 눈으로 인사했다.

그런 다음 마력 검사를 진행했고 남들보다 월등히 높은 결과를 받았으나 아무런 문제 없이 통과됐다.

정철민은 수호에 대해 이미 알고 있었으니까.

이윽고 수호가 캡슐에 몸을 신자 감독관이 말했다.

“다이브 과정 중에 조금이라도 이상한 느낌이 있으시면 바로 긴급 헬프콜 요청하셔야 합니다.”

“예.”

감독관의 주의.

안다.

이때의 다이브 캡슐은 생각보다 잔고장이 많아 오류가 좀 있었으니까.

이윽고 캡슐 모듈을 장착한 수호가 시험 프로그램 속으로 다이브를 시도했다.

[헌터 실기시험 프로그램을 가동합니다.]

[사용자의 의식을 접속시킵니다.]

[다이브 진행률 5%…….]

이윽고 다이브 진행률이 100%가 되었고 시야가 암전되었다가 주변 풍경이 확 바뀌었다.

흑백으로 가득 찬 낯선 풍경.

그곳에서 또 한 번의 기계음이 들렸다.

[안수호 플레이어님, 헌터면허 실기시험에 지원해 주셔서 진심으로 감사드립니다.]

[저는 안수호 플레이어님의 실기시험을 도와드릴 프로그램 마스터라고 합니다.]

[접수된 안수호 플레이어님의 정보에 따라 치유사 클래

스 전용 실기시험을 시작하도록 하겠습니다.]

프로그램에 등록된 실기시험은 직업별로 총 네 가지.

수호는 과거에 전사 클래스에 대한 시험을 봤는데, 전사의 경우 여러 가지 상황에 따른 다양한 전투 환경이 조성되었다.

예컨대 일대일 전투부터 일대 다수의 전투까지 얼마나 오래 버티고 많이 죽이냐에 따라 고득점을 받을 수 있었다.

'그런 의미에서 치유사는…….'

그 순간, 주변 풍경이 일그러지더니 이내 곳곳에서 비명소리가 울려 퍼지기 시작했다.

"끄아아아!"

"살려줘!"

"여기 힐! 힐 좀 줘!"

비명은 시작에 불과했다.

뒤이어 탄내와 혈향이 코를 찔렀고 간헐적으로 폭음도 들렸다.

아수라장.

이곳은 대난전이 펼쳐지고 있는 전장 한가운데였다.

그 끔찍한 풍경을 본 수호가 중얼거렸다.

"와…… 이번 회차 시험이 왜 불시험이었는지 알 만하네."

실기시험은 플레이어가 자신이 선택한 클래스에 얼마나 적합한 인재인지를 보여주는 것이 관건이다.

그런 의미에서 치유사는 현장에서 얼마나 헌신적인 마음을 가졌고 침착하게 치료 활동을 펼칠 수 있는지를 가장 중요했다.

'그런 의미에서 피 튀기는 전장은 테스트 장소로 가장 적합하긴 하지.'

하지만 그것도 적당히여야지.

눈앞에서 비명을 지르고 있는 환자는 이런 현장이 익숙지 않은 지망생이 봤다면 구토나 트라우마를 일으킬 수 있을 정도로 상태가 꽤 심각했다.

'이래서 힐러들 몸값이 비싼 거지.'

수호는 즉각 한쪽 무릎을 꿇고 환자에게 치유의 빛을 사용하기 시작했다.

"끄흐으윽, 아파요, 너무 아파요……!"

"조금만 참으세요. 금방 구조대가 올 겁니다."

수호는 우선 정석적으로 행동했다.

치유사 시험에서 치유력이나 치유량에 대한 건 별로 큰 의미가 없다.

이번 시험은 치유사의 레벨을 테스트하는 게 아니라 헌터면허에 대한 자격을 보는 것뿐이니까.

그러니 다시 말해 치유사 실기에서 최고점을 받으려면 자신의 목숨을 내놓는 한이 있더라도 끝까지 환자를 사수해야 한다는 것.

쉽게 말해 환자를 지키다 죽으면 되는 것이었다.

세계적인 관점에서 봤을 때 치유사의 최대 미덕은 '희생'이었으니까.

'이사벨라가 맨날 희생 운운거리던 것도 이런 이유였고.'

하지만 수호는 그럴 생각이 조금도 없었다.

'내가 미쳤다고 오크한테 맞아 죽을까.'

명색이 검신이었다.

그런 내가 벌레만도 못한 오크들한테 맞아 죽는다니.

심지어 이번 시험에 차용된 프로그램은 현장감을 살리기 위해 고통까지 그대로 구현했고.

'거기에 더불어 내 상태창 스펙을 그대로 살려 놓았을 테니 다른 플레이어들보다 훨씬 더 오래 두들겨 맞다가 죽겠지.'

어쩌면 본능적으로 회피하며 고통의 시간을 더 늘리게 될지도 모른다.

그런 생각이 들자 수호는 자기도 모르게 미간을 좁혔다.

그건 상상만 해도 끔찍했으니까.

수호는 응급처치를 마친 뒤 주변을 둘러보았다.

그러자 주변에서 주인 없는 검을 하나 발견하고 얼른 주워들었다.

'이번 시험의 포인트는 환자를 끝까지 사수하는 것.'

그럼 굳이 죽을 필요가 없잖아?

환자의 위협이 되는 원인만 제거하면 되지.

게다가 이곳은 시험을 위해 프로그래밍된 가상 세계.

수호가 알기로 실기 프로그램에 등장하는 몬스터에는 정해진 숫자가 있는 것으로 알고 있었다.

'맞아 죽느니 차라리 몬스터가 끊길 때까지 싸우는 게 낫다.'

그때, 때마침 수호를 향해 인근에 있던 오크들이 접근해 오기 시작했다.

수는 넷.

녀석들의 목적은 이미 수호로 정해진 듯 고정된 눈빛들이 참 살벌했다.

'흠.'

수호는 잠시 고민하던 끝에 주운 검을 허리춤 옆에 붙였다.

전용 검집은 없었지만 마치 검집에 넣은 것처럼 허리춤 옆에 딱 붙였고 상체를 숙였다.

환자를 버리고 도망칠 수도, 환자만 놔두고 앞에 나가서 싸울 수도 없다.

아무리 환자를 지킬 목적이었어도 환자와 어느 정도 거리가 벌어지면 프로그램은 실격점을 줄 게 뻔했으니까.

그렇기에 수호는 적당한 방법을 골라 준비하기 시작했다.

수호가 차분하게 호흡을 삼킨다.

그러자 감각이 정돈되며 주변의 소음들이 하나둘씩 구분되기 시작했다.

이윽고 네 마리의 오크들이 수호에게로 일제히 달려오기 시작했다.

그래, 와라.

조금만.

조금만 더.

조금만 더 가까이.

그리고 마침내 수호가 생각한 범위 안으로 놈들이 발을 들인 순간, 허리춤 옆에 붙여 두었던 수호의 검이 폭발하듯 격발되며 크게 휘둘러졌다.

서걱!

커다란 절삭음.

그리고.

푸화아악!

오크들의 몸에 기다란 검흔 하나가 아로새겨지며 엄청난 양의 피가 사방으로 뿜어졌다.

그와 동시에.

[발도술에 대한 이해도가 매우 높습니다.]

[시스템이 당신의 재능에 대한 심사를 시작합니다.]

[축하드립니다! 발도(B)를 터득하셨습니다.]

수호는 자신이 자주 사용하던 스킬과 다시 조우할 수 있었다.
'역시.'
이곳이 아무리 가상현실이라 할지라도 발붙이고 있는 곳이 지구라면 그 누구도 시스템의 감시를 벗어나지 못한다.
그래서 육체적 기술의 터득이 가능한 것이다.
어쨌든 시스템이 보기엔 플레이어가 직접 몸을 움직인 것으로 판단했으니까.
이 사실이 발견된 후, 꽤나 많은 플레이어들이 가상현실에서 기술 수련을 했다.
가상현실에서 수련을 하면 육체적 손상도 피로도 얼마든지 리셋시킬 수 있었으니까.
하지만 머지않아 가상현실에서의 수련은 비효율적이라는 사실이 밝혀지게 되는데.
그도 그럴 게 직접 몸을 혹사시키는 현실에서의 수련과는 달리 가상현실에선 얼마든지 환경을 조성하고 몸을 치유할 수가 있어 경험치 습득률이 떨어진다는 비교 실험 결과가 나왔기 때문.
'하지만 나한텐 아무렴 상관없는 이야기지.'
허나 수호에겐 적용되지 않는 이야기였다.
수호가 익히고자 하는 기술들은 제로 베이스에서 시작된 것이 아닌 이미 희생을 치르고 직접 체득한 '진짜 기술'들이었으니까.

'최대한 오래 버텨 주마.'

수호가 새어 나오는 웃음을 애써 감추며 다시금 검을 들었다.

실기시험을 마친 수험생들이 캡슐 속에서 나온다.

수험생들의 실기시험 시간은 평균 10분 남짓.

얼핏 보면 짧은 시간이었지만 실기시험이 만든 가상현실 프로그램 속에선 현실과의 시간 간극을 어느 정도 조정할 수 있기에 실제로 수험생들이 겪은 시간은 약 30분 정도로 매우 길었다.

물론 실제로 반 시간을 버틴 사람은 거의 없다.

실기시험은 길어야 20분 안에 끝날 수 있도록 난이도가 매우 빡빡하게 조정되어 있었으니까.

이윽고 수호의 옆자리에 들어갔던 수험생이 캡슐 밖으로 나왔다.

'11분…… 저번 기수보다 확실히 짧네.'

캡슐에서 나온 담당 수험생을 보며 김 감독관이 속으로 고개를 젓는다.

벌써 몇 시간째 실기를 감독했지만, 눈에 띄는 인재는 보이지 않았다.

김 감독관이 다음 수험생을 받기 전, 옆자리 박 감독관에게 물었다.

"거긴 들어간 지 얼마나 됐어요?"

"30분요."

"……네?"

"지금 막 30분을 넘기고 있습니다."

30분이라고?

그게 가능한 일이야?

놀란 김 감독관이 박 감독관의 캡슐로 다가가 캡슐에 붙은 모니터를 확인했다.

그런데 정말로 캡슐 속 수험생은 다이브한 지 30분을 넘기고 있었다.

심지어 수많은 오크를 상대로 미친 듯이 싸우고 있었는데 그것을 본 김 감독관이 물었다.

"전사예요? 엄청 잘 싸우네?"

"아뇨, 치유사입니다."

"……네?"

"치유사예요. 보세요."

수험생 정보를 보여주는 박 감독관.

정말이었다.

패드에 적힌 수험생, '안수호'의 클래스는 정말로 치유사였다.

"그, 근데 이렇게 싸운다구요? 이 사람 치유사라면서요? 이럼 실격 아니에요?"

"아니죠, 조건이 모두 부합됐는데 왜 실격이겠습니까."

그 순간, 박 감독관을 대신해 누군가 대답했다.

박 감독관의 파트너 검사관으로 참여한 정철민이었다.

정철민의 설명이 이어졌다.

"치유사는 환자를 끝까지 사수하는 게 주요 목적인데 화면을 보세요. 수험생이 어디 환자 주변을 벗어나길 했습니까, 아님 환자를 내팽개치고 싸우기만 합니까? 중간중간에 힐 넣어 주고 있잖아요."

정말이었다.

수호는 오크들을 베어 넘기는 와중에 여유가 생길 때마다 환자를 치유하고 있었다.

정철민이 진지한 표정으로 말했다.

"모든 조건이 부합되는데 실격시킬 이유가 전혀 없죠. 심지어 실기 프로그램도 제지하지 않는데 저희가 무슨 이유로 실격시키겠어요?"

"아……."

나지막이 감탄하는 김 감독관.

그 반응에 정철민이 웃으며 말했다.

"아무래도 이번 실기시험의 수석은 정해진 것 같네요. 그러니 우린 그저 지켜보기나 하자구요. 이 사람이 얼마나 대단한 기록을 세울지 말이에요."

그 말에 김 감독관도 박 감독관도 그저 고개를 끄덕일 뿐이었다.

그도 그럴 게 이런 경우는 실기시험 역사상 처음 있는 일이었으니까.

"키에에엑!"

털썩!

오크가 쓰러진다.

저놈이 몇 번째 오크인지는 모른다.

덧붙여 경험치도 아이템도 주지 않았지만 수호는 별로 신경 쓰지 않았다.

왜냐하면 그것보다 더 값진 것들을 얻고 있는 중이었으니까.

[발도술에 대한 이해도가 매우 높습니다.]

[시스템이 당신이 가진 재능을 재심사하기 시작합니다.]

[축하드립니다! 발도 스킬의 등급이 조정되어 A등급이 되었습니다.]

[발도(A)의 범위가 훨씬 더 넓어지고 더 빠르게 뽑어집니다.]

발도 스킬의 랭크가 올랐다.

그뿐일까?

참수도 A등급이 되었으며 이외에도 칼자루 치기, 칼등 치기, 발목 베기 등 수많은 스킬을 새로 터득했으며 그 모든 것들을 A랭크로 격상시키는데 성공했다.

'이렇게 좋은 기회가 다 있다니.'

그렇기에 수호는 신이 났다.

굳이 게이트를 가지 않아도 이런 식으로 스킬들을 복구할 수 있었으니까.

물론 중간중간에 환자 관리도 소홀히 하지 않았다.

아무리 스킬 복구가 중요하다고 한들 현재 가장 중요한 건 환자의 사수였으니까.

그렇게 한참이나 녀석들을 베어 넘기던 중이었다.

[당신의 검술에 대한 이해도는 그 누구보다도 높습니다.]

[시스템은 당신의 독자적인 검술에 감탄하여 당신의 검술을 완전히 인정하기로 했습니다.]

[기본 검술과 기본 보법을 통합하여 새로운 검술 스킬로 등록하시겠습니까?]

[등록 시 새로운 등급이 부여되며 직접 이름을 부여할 수 있습니다.]

'드디어!'

알림을 본 수호의 눈이 커졌다.

드디어 시스템이 수호의 실력을 완전히 인정했기 때문이다.

시스템 알림을 본 수호는 조금도 고민하지 않고 얼른 대답했다. 그러자.

[새롭게 탄생시킬 검술의 이름을 지어 주십시오.]

시스템의 물음.

대답은 이미 정해져 있었다.

"수호검."

[수호검이 맞습니까?]

"그래."

[축하드립니다! 시스템이 당신의 지고한 경지를 인정하여 당신만의 독자적인 검술을 새로운 스킬로 탄생시켰습니다.]

[새로운 검술 스킬, '수호검(S)'을 창조해 내셨습니다.]

[기존의 검술과 보법 스킬의 효과가 50%씩 상승합니다.]

시스템 알림을 본 수호는 환하게 웃었다.

드디어 수호검을 손에 넣었다.

과거에는 수호검을 손에 넣기까지 자그마치 십 년도 넘는 세월이 걸렸는데 이번에는 며칠도 안 돼서 손에 넣은 것이다.

물론 수호검을 손에 넣기 전에도 수호는 이미 몸에 체득된 수호검술을 사용하고 있었다.

하지만 그럼에도 수호가 하루라도 빨리 수호검을 손에 넣으려고 했던 건 다른 이유들에 있었다.

[위대한 업적을 달성하여 시스템이 당신에게 보너스 스탯을 10개 선물합니다.]

이어서 떠오르는 알림.

수호검을 손에 넣은 대가로 수호는 보너스 스탯 10개를 추가로 부여받았다.

이것은 플레이어 스스로 가진 재능을 갈고닦아 S급 스킬을 손에 넣었을 때만 지급되는 특전으로 게이트의 보상이나 스킬북으로 얻은 S급 스킬에 대해선 나타나지 않는 특전이었다.

허나 특전은 이것뿐만이 아니었다.

이윽고 또 다른 알림이 떠올랐다.

[당신은 모든 검사들이 인정해 마지않는 눈부신 검술 실력을 가지고 있습니다.]

[시스템은 당신이 계속해서 검의 길을 걷길 바라는 마음에 추가적인 선물을 지급하기로 결정했습니다.]

[축하드립니다! 시스템으로부터 검의 이해(S)를 부여받으셨습니다.]

검의 이해.

그것은 무려 S등급의 스킬로 시스템이 수호에게 지급하는 또 다른 특전이었다.

그것을 본 수호는 그제서야 만족스런 미소를 띠었다.

그도 그럴 게 수호의 진짜 목적은 수호검이 아닌 검의 이해였으니까.

수호가 획득한 검의 이해의 정보를 확인했다.

[검의 이해]

- 등급 : S

검술에 대한 높은 이해도를 가진 자만이 가질 수 있는 탐구의 권리.

모든 검술 스킬들에 대한 습득 제한 해제.

모든 검에 대한 사용 제한 해제.

모든 검술 스킬들에 대한 추가 보정 효과 50% 상승.

정보를 확인한 수호의 입꼬리가 올라간다.

그도 그럴 게 검술을 비롯한 체득형 스킬들은 반복된 행위로 어떻게든 익힐 수 있다지만 전사 클래스, 혹은 관련 클래스가 아니라면 절대로 익히지 못할 스킬들을 이 검의 이해를 통해 익힐 수가 있게 되기 때문이다.

'검사에게 있어 검술이 가장 중요하긴 하지만 검사 헌터는 어쩔 수 없이 스킬도 중요시할 수밖에 없으니까.'

스킬뿐만이 아니었다.

검도 마찬가지였다.

어떤 검들은 전사 클래스가 아닌, 오직 '검사 클래스'여야만 사용할 수 있는 것도 있었으니까.

스킬 확인을 마친 수호가 알림창을 껐다.

그리고 주변을 둘러보았다.

꽤 많은 오크들을 베었지만 주변에는 여전히 오크들이 많았다.

하지만 전혀 걱정하지 않았다.

그도 그럴 게 아무리 이곳이 실기시험 프로그램 속이라지만 자신이 기억하는 게 맞다면 어쨌든 발생되는 오크의 수는 정해져 있었으니까.

"와라."

원하는 걸 얻은 수호가 보다 즐겁게 오크들을 학살하기 시작했다.

그로부터 시간이 얼마나 지났을까?

시간이 지날수록 다른 감독관들까지 모두 수호의 캡슐에 관심을 가졌다.

"시험 시간 3시간 2분?"

"그럼 이 사람은 지금 실기시험을 3시간이 넘게 치고 있다는 거야?"

"와, 미쳤네."

수호는 이미 감독관들 사이에서 명물이 되었다.

그때였다.

조용히 캡슐 모니터를 지켜보던 정철민의 눈이 이채가 반짝였다.

"끝났네요."

"정말요?"

"어디 봐요!"

정철민의 말에 몰려드는 감독관들.

그런데 모니터에 뜬 시스템 알림이 조금 이상했다.

[실기시험에 준비된 오크들이 모두 사망하였습니다.]

[프로그램을 다시 시작해 주십시오.]

프로그램 마스터가 시험의 종료가 아닌 재시작을 요청한 것.

여태껏 한 번도 이런 알림을 본 적 없던 감독관들이 나지막이 감탄했다.

"와……."

"진짜 다 죽였잖아?"

"여기서 오크를 다 죽이면 이런 알림도 뜨는구나……."

그렇기에 모두들 수호의 담당 감독관을 보며 물었다.

"어떻게 하실 거예요?"

"설마 다시 시작하실 건 아니죠?"

"당연히 안 되죠."

그때였다.

담당 감독관인 박 감독관 대신 정철민이 대답한 건.

정철민이 흥분을 감춘 채 진지한 어조로 말했다.

"이런 경우가 실기시험 역사상 처음이긴 하지만 유도리 없이 오크한테 죽지 않았다는 이유로 다시 시험을 치르게 하면 그땐 여러모로 일이 커질 겁니다."

그 말에 감독관들의 표정이 심각해지더니 이내 고개를 끄덕였다.

"하긴…… 부정을 저지른 것도 아니고 마크해야 될 환자도 살아 있긴 하니까요."

"보는 눈이 몇 갠데 당연히 합격입니다. 아니, 합격을 넘어 안수호 수험생을 이번 실기시험 수석으로 임명해야 합니다. 더 나아가 만약 필기도 최저점만 넘었으면 전체 수석으로 합격시켜야 한다고 생각합니다. 그래야 홍보가 될 테니까요. 그런 의미에서 다들 어떻게 생각하십니까?"

정철민의 적극적인 주장이 먹혔던 걸까? 아님 수호의 압도적인 퍼포먼스에 모두가 매료된 걸까.

여기 있는 감독관들 중 그 누구도 정철민의 말을 부정하지 못했다.

이로써 헌터시험 역사상 전무후무한 수석 합격자가 탄

생하는 순간이었다.

*

이윽고 시험이 끝났다.

수호는 정철민에게 좋은 결과가 있을 거라는 말을 듣고 가볍게 협회를 나설 수 있었다.

그런데 협회를 나선 지 얼마 안 됐을 때 누군가 수호를 불러세웠다.

"저기요?"

"네?"

고개를 돌려 보니 웬 낯선 남자가 자신에게 아는 체를 한다.

누구지?

기억에는 없는 인물인데?

그때, 남자가 품 안에서 명함 한 장을 꺼내 내밀며 말했다.

"처음 뵙겠습니다. 전 프라임 길드의 스카우터 박평식이라고 합니다."

아.

누군가 했더니 길드 스카우터였구만.

심지어 프라임 길드면 현재 업계 2위에 달하는 초대형 길드.

왜 접근했는지는 알 것 같았다.

허나 이럴 땐 또 모른 척 물어봐 주는 게 예의.

수호가 명함을 받으며 되물었다.

“그런데요?”

그 말에 박평식이 예의를 갖춰 말했다.

“단도직입적으로 말씀드리겠습니다. 저희 프라임 길드는 안수호 플레이어님과 함께하고 싶습니다. 혹시 소속된 길드나 논의 중이신 길드가 없으시다면 잠시 이야기를 좀 나눌 수 있을까요?”

역시.

박평식의 길드 입사 제의에 수호가 속으로 미소를 짓는다.

길드 스카우터들은 생각보다 더 대단한 존재들이다.

관계자 외엔 출입 금지인 시험장에 직접 수험생 신분으로 참여하여 인재를 물색하는 경우도 허다했으니까.

박평식도 그런 케이스였다.

그래야 진짜배기 보석들을 미리 선점할 수 있었으니까.

물론 아직은 그런 방법이 성행하진 않았지만 미래엔 대부분이 이 방식을 채택한다.

그런 의미에서 박평식은 얼리어답터인 셈.

수호가 고개를 끄덕이며 물었다.

“합격 정보가 벌써 외부에 유출되었을 리는 없고 스카우터님도 수험생으로 시험에 참여하셨나 보죠?”

"예, 맞습니다. 그리고 수호 님이 박용 플레이어와 대련할 때부터 줄곧 지켜보고 있었습니다."

그렇다면 더더욱 이야기가 빠르겠군.

이건 수호에게도 좋은 기회였다.

"그럼 가타부타 설명하지 않아도 되겠네요. 그래서, 조건은 어느 정도로 생각하고 계세요?"

조건 이야기에 박평식이 화색이 된다.

차라리 이런 경우가 영입하기 더 쉬웠으니까.

"이제 막 헌터가 되셨으니 매우 파격적인 조건은 좀 힘들지만 그래도 신인들 중에선 최고 대우를 약속드릴 수 있습니다."

"신인급에서 최고 대우라…… 그래 봤자 신인급이잖아요."

"그렇긴 하지만 아직 헌터로서의 성과가 없는 상황이라 설령 헥사곤에 가신다고 하더라도 현재 계약 조건 자체는 저희와 비슷할 것으로 사료됩니다."

"진짜 그렇게 생각하세요?"

"네?"

"얼마 전에 있었던 신도림역 미전조 게이트 사건 아시죠? 어제 발생했던."

"예, 알고 있습니다. 근데 갑자기 그건 왜……?"

"프라임 소속이신데 정보가 많이 늦으시네요. 아직 하루밖에 안 돼서 그런가? 아무튼 간에 제가 거기 단독 공략자입니다."

"……네?"

"못 믿겠으면 나중에 기사로 확인해 보시면 됩니다. 조건은 그때 가서 다시 조정해 보도록 할까요?"

"그, 그게 무슨…… 자, 잠시만요!"

"에이, 어차피 내부 회의 하셔야 하잖아요? 천천히 연락주세요. 아, 참고로 이게 제 번호입니다."

수호는 박평식에게 자신의 번호를 찍어 준 뒤 먼저 자리를 떠났다.

그리고 수호의 번호를 받은 박평식은 얼마간 멍한 표정을 짓더니 서둘러 길드에 전화를 걸기 시작했다.

생각지도 못한 초 비상사태였으니까.

다음 날.

이변은 없었다.

시대가 시대이니만큼 결과는 하루 만에 나왔고 수호는 정철민의 개인 연락을 통해 시험 합격 소식을 먼저 접할 수 있었다.

- 아이고, 합격 축하드립니다. 수호 씨.

"감사합니다, 팀장님."

- 하하, 수호 씨 덕분에 이번에 부정행위 사용자를 엄청 많이 잡아들일 수 있었습니다. 수호 씨 말씀대로 전부 다 스킬 도핑을 했더라고요. 이 일은 바로 언론에 보도될 예정이고 앞으로는 시험 규정이 더 강화될 예정입니다.

듣던 중 반가운 소식이다.

개나 소나 헌터가 되면 직업적 명예의 문제를 떠나 그만큼 게이트 공략률이 떨어져 무고한 피해자가 많이 생길 테니까.

"잘됐네요. 시험은 공정해야 좋죠."

- 하하, 그럼요. 그럼요. 아, 그리고 말인데…… 이것도 곧 발표된 사안이긴 합니다만 이번 시험 전체 수석 합격자는 수호 씨입니다. 다시 한 번 더 진심으로 축하드립니다.

그 말에 수호가 웃었다.

그럼 그렇지.

그 난리를 피웠는데 수석 자릴 안 줄 수가 있겠어?

하지만 수호는 겸손히 대답했다.

"감사합니다, 덕분에 수석도 다 해 보네요."

- 하핫, 제가 한 게 뭐가 있다고…… 오늘 오후 중으로 대헌협 공홈에 합격자 명단이 발표될 겁니다. 수석부터 3등까지는 제일 위에 이름이 표기되니 참고하시면 되겠습니다.

"네, 알겠습니다."

이윽고 통화를 마치려던 그때, 정철민이 쭈뼛거리더니 이내 말을 이었다.

- 저 근데요, 수호 씨. 합격하시자마자 이런 말씀 묻기가 좀 뭣하긴 하지만…… 혹시 대헌협에 오시고 싶다는 생각은 여전히 유효하신가요?

그 말에 수호가 피식 웃음을 터뜨렸다.

수석 자리까지 꿰찼다 보니 어지간히 마음이 달은 모양.

그래서 원하는 대답을 해 주었다.

"그럼요. 이미 대형 길드로부터 스카웃도 받았습니다만 제 뜻은 확고합니다."

그 말에 정철민의 얼굴에 함박웃음이 폈다.

- 감사합니다! 그럼 시험 일정이나 공채 뜨면 바로 연락드리겠습니다! 피곤하실 텐데 푹 쉬세요!

"네, 감사합니다."

통화가 끝났다.

통화를 마친 수호는 바로 다음 사람에게 전화를 걸었다.

수석 합격도 이루었으니 이젠 비지니스를 할 차례였으니까.

전화를 건 대상은 김수애 원장이었다.

- 네, 수호 씨. 오늘이 합격자 발표일이죠?

김수애가 바로 전화를 받는다.

아무래도 수호의 연락을 기다리고 있었던 모양.

수호가 가볍게 고개를 끄덕이며 대답했다.

"네, 원장님. 그것 때문에 연락드렸습니다. 좀 전에 관계자 통해서 수석으로 합격했다는 연락을 받았고, 오피셜은 대헌협 홈페이지에 몇 시간 뒤에 뜬다고 하니 직접 확인해 보시고 계약서대로 입금 주시면 될 것 같습니다."

- 호호, 합격 축하드립니다. 수호 씨라면 바로 합격하실 줄 알았어요. 그래서 말인데요, 수호 씨. 혹시 수호 씨만 괜찮으시면 저희 넥서스 길드에 오시는 건 어떠세요? 대우는 그 어떤 길드들보다 좋게 해 드릴게요.

역시.

당연히 김수애도 자신을 탐낼 거라고 생각은 했다.

아니, 그 어떤 길드라도 수석 합격자에게 같은 반응을 보일 것이다.

하물며 헌터가 되기도 전에 게이트 하나를 공략했는데 군침 흘리지 않을 길드가 있을까?

수호가 3억이나 되는 금액을 불러도 바로 콜한 것은 이런 이유 때문이었다.

이런 식으로 미리 친분을 형성해 놓은 다음에 길드 권유를 해도 늦지 않았으니까.

김수애의 물음에 수호는 생각했다.

'말 나온 김에 간이나 한번 볼까?'

수호가 물었다.

"프라임도 같은 말을 하던데 넥서스는 얼마나 좋은 조건을 주시려구요?"

그 말에 잠시 침묵이 이어지더니 이내 김수애의 목소리가 들렸다.

- ……벌써 프라임과 만나셨어요?

"수험장 안에 스카우터가 이미 잠입해 있더라구요. 수험생 신분으로 위장해서. 그래서 눈에 띄었나 봅니다."

그러자 수화기 너머로 옅은 감탄사가 터져 나왔다.

그런 방법이 있다는 걸 이제야 안 것이다.

그러나 감탄하기도 잠시 김수애는 프로답게 얼른 조건을 제시했다.

- 뭐가 됐든 프라임보단 높게 드리겠습니다.

"프라임이 어떤 조건을 불렀을지 알구요?"

- 글쎄요. 하지만 전 일개 스카우터보단 더 확실한 약속을 드릴 수 있겠죠. 권한이 있으니까요. 게다가 수호 씨는 저희 아카데미 장학생 출신이니만큼 조건 조정이 더 쉬울 것으로 예상됩니다. 이러지 마시고 말씀 나오신 김에 지금 얼굴 뵙고 이야기를 나눌까요?

참 적극적이다.

하지만 거절하기로 했다.

아직은 길드에 들어갈 타이밍이 아니었으니까.

"아뇨, 오늘은 개인적인 스케줄이 있어서요. 문자로 조건을 보내 주시면 참고는 하겠습니다. 그래도 제가 명색이 넥서스 장학생 출신인데 다른데보단 넥서스에 들어가는 게 그림이 더 이쁘지 않겠어요?"

- 그럼요! 당연하죠! 그럼 금방 조건 마련해서 연락드리겠습니다. 수호 씨, 그동안 다른데랑 절대로 계약하시면 안 돼요?

"하하, 네. 연락 기다리고 있겠습니다."

이로써 김수애와의 통화도 종료.

통화를 마친 수호는 바로 가까운 주민센터로 향했다.

합격도 했겠다, 이미 전산상으론 헌터 자격이 형성되었을 테니 실물 면허증을 발급받아야 했기 때문이다.

면허 발급을 마친 수호는 이어서 택시를 잡아탄 뒤 동대문 시장으로 향했다.

본격적인 헌터 활동에 앞서 가벼운 쇼핑이 필요했기에.

수호를 태운 택시가 동대문 시장으로 출발한다.

그로부터 한참 뒤, 헥사곤 길드 본사 건물.

그곳에는 스카우터들을 비롯한 이번 헌터시험 프로젝트와 관련된 팀원들이 모여 있었다.

곧 발표될 헌터시험 수석 합격자를 확인하기 위해서였다.

"아마 기현이가 이번 기수 수석일 게 분명합니다."

"그럼요. 당연히 그렇고 말고요. 원래는 올림픽 유망주였던 애를 데리고 오느라 저희가 얼마나 고생했습니까, 그러니 이번에는 저희 헥사곤이 이길 수 있을 겁니다."

업계 1, 2위를 다투는 헥사곤과 프라임의 격차는 생각보다 근소한 편이었다.

그래서 어떤 분야든 늘 라이벌 구도가 형성되어 있었는데 헌터시험도 그중에 하나였다.

허나 헌터시험 부문에서 헥사곤은 벌써 몇 기수째 프라임을 이기지 못하고 있었고 그래서 이번에 비장의 무기로 올림픽 유망주였던 김기현을 캐스팅한 것.

그때였다.

"다들 반갑습니다."

그 순간, 회의실에 헥사곤 길드의 부길드장 한태현이 나타났다.

이번 프로젝트는 길드 전체가 신경 쓰고 있는 일이니만큼 길드장에게 보고를 올리기 전 부길드장이 먼저 확인하기 위해 회의실을 방문한 것이었다.

한태현이 자연스럽게 회의실 상석에 앉으며 말했다.

"이번에는 저희가 프라임을 이길 수 있겠죠?"

"아휴, 여부가 있겠습니까. 부길드장님. 저희 기현이가 본때를 보여줄 겁니다.”

“하하, 기대가 큽니다.”

그때, 대헌협 홈페이지를 새로 고침하던 팀원 중 하나가 말했다.

“앗! 떴습니다.”

그 말에 부길드장을 비롯한 사람들의 시선이 회의실 전방 스크린으로 향했고, 대헌협 홈페이지와 더불어 합격자 팝업이 떠올랐다.

다들 약속된 승리에 웃음을 터뜨릴 준비를 했다.

이번 시험은 누가 봐도 김기현이 수석 합격자일 것 같았으니까.

그런데 합격자 명단이 뜬 순간, 한태현을 비롯한 모두의 미간이 좁혀졌다.

“어……?”

“이게 왜……?”

“저게 뭐야?”

대헌협은 합격자 발표를 할 때 수석과 차석, 그리고 차차석을 합격자 명단 가장 위에 표시한다.

그렇기에 헤드라인 가장 왼쪽이 수석이란 말이며 거기에는 당연히 김기현의 이름이 있어야만 했다.

그런데 김기현의 이름은 아무리 찾아봐도 헤드라인에 없었다.

대신……

합　격

안수호

박용 강대한

장현욱 김수현 안현산 필정우 사현민

김광현 주도현 이명훈 한편광 송민우

……

낯선 이름들이 헤드라인을 장식하고 있었다.

그리고 그것을 본 헥사곤 길드 관계자 모두가 순간 할 말을 잃고 말았다.

동대문 시장.

이곳은 음지와 양지가 함께 어우러진 한국의 대표적인 오픈 마켓들 중 하나로 과장 조금 보태서 세상의 모든 아이템이 있다고 해도 과언이 아닌 곳이었다.

수호는 이곳을 돌며 필요한 물건들을 천천히 쇼핑했다.

돈은 충분했다.

김수애와 통화를 마친 지 얼마 안 돼서 바로 장학금이 입금됐으니까.

그리고 마침내 필요한 것들의 대부분을 구입한 수호는 마지막 행선지로 향했다.

[도영철물]

간판에는 분명히 그렇게 적혀 있었다.

척 보기에도 낡아 보이는 이곳은 매우 후미진 곳에 위치해 있었는데 놀랍게도 여기가 수호가 방문할 마지막 행선지였다.

수호가 가게로 들어가자 나시만 입은 늙은 주인이 수호를 쳐다보지도 않은 채 티비를 보며 말했다.

"어서 오세요."

형식적인 인사.

동대문 시장의 상인들은 대부분 이런 식이다.

물론 1층이나 메인 거리에 있는 상가 주인들은 호객행위도 한다지만 도영철물처럼 후미진 곳에 있는 가게들은 아는 사람만 찾아오기 때문에 딱히 친절하지가 않은 것.

그렇기에 수호도 담백하게 말했다.

"가볍게 쓸 만한 창들을 좀 보고 싶은데요. 헌터가 된 지는 얼마 안 됐습니다."

그 말에 주인은 그제서야 수호를 힐긋 보더니 구석에 창이 무더기로 세워진 곳을 가리켰다.

거기에는 싸구려 창들이 잔뜩 세워져 있었다.

가게 주인이 말했다.

“저기에 있는 것들이 좀 저렴한 것들입니다.”

“감사합니다.”

저렴한 것들.

말 그대로 싸구려 창들이란 말.

그 증거로 여기 있는 창들 대부분이 아이템 정보가 안 떴다.

대장장이 플레이어가 아닌 일반인이 만든 것들은 대부분 정보 확인이 안 됐으니까.

그리고 일반인이 만든 무구들은 대부분이 싸구려.

물론 장인정신과 좋은 재료를 불어넣어 만든 것도 있겠지만 그렇다고 해서 그런 것들이 모두 아이템이 되는 건 아니었다.

시스템에게 정식으로 아이템으로 분류받기 위해선 제작자의 등급과 스킬이 중요한 법이니까.

그렇기에 수호는 눈을 가늘게 뜨며 스킬 하나를 발동시켰다.

[마력감지가 발동됩니다.]

스킬이 발동되자 기감이 활성화되며 인근에 존재하는 마력들이 모두 느껴지기 시작했다.

물론 가게 안에서 마력을 뿜어내는 건 등급이 좀 있는

진짜배기 아이템들뿐.

예컨대 벽에 걸려 있거나 진열대에 전시된 것들 말이다.

당연했다.

모든 아이템은 최소한의 마력을 띠고 있기에 아이템으로 분류되는 것이니까.

하지만 수호가 찾고자 하는 것은 저런 것들이 아니었다.

그때, 수호의 시야에 홀로 잔잔한 마력을 띠고 있는 창 하나가 보였다.

다른 것들은 반응이 없었다.

오직 그것만이 마력의 파장이 강했다.

수호는 그것을 들어 정보를 확인했다.

[낡은 창]

- 등급 : F

낡고 검은 창.

F급 싸구려 창.

설명도 심플하다.

하지만 수호는 알 수 있었다.

이 창이 바로 자신이 찾던 그 창이란 걸.

수호는 그것을 구매한 후 가게를 나왔다.

가격은 10만 원.

그마저도 창의 상태를 슥 훑어보더니 조금 깎아 준 것이었다.

가격을 깎아 주는 주인을 보며 수호는 속으로 웃었다.

이 창의 정체를 알면 값을 깎아 준 걸 후회하게 될 테니까.

허나 수호는 아무런 기색도 하지 않고 근처에 적당히 인적이 드문 곳에 자리를 잡아 앉았다.

그런 다음 창을 꺼내 마력을 주입하기 시작했고 얼마 뒤 놀라운 일이 벌어졌다.

[???에 마력이 공급되고 있습니다.]

[???의 의식이 되살아나기 시작합니다.]

눈앞에 뜬 두 줄의 알림.

동시에 위이잉! 소리를 내며 창이 진동하며 수호의 마력을 미친 듯이 빨아들이기 시작했다.

엄청난 흡수량.

수호는 즉각 창에서 손을 뗐다.

마력을 주입한 지 얼마 되지 않아 현기증이 일었기 때문이다.

'아직은 스탯이 모자라군.'

아마 이 창을 깨우려면 마력 스탯이 최소 100은 되어야 할 터.

그러나 수호는 만족했다.

마력은 부족할지언정 물건은 제대로 찾았으니까.

게다가 모자란 스탯은 다음 행선지에서 확보하면 될 일.

그럼에도 불구하고 여기에 먼저 온 건 그사이 누가 이 창을 사갈까 봐 싫어서였다.

그러니 수호는 슬슬 행선지를 옮기기로 했다.

쇼핑도 마쳤겠다, 이젠 다음 계획을 실행할 차례였으니까.

수호가 새로운 택시를 잡아타고 어디론가로 이동한다.

택시로 이동하는 동안 수호는 본격적으로 움직이기 전에 인터넷을 뒤져 한 블로그를 찾았다.

그리고 거기에 적힌 번호로 전화를 걸었다.

- 네, 조진휘입니다.

수화기를 넘어 들려오는 목소리.

그의 이름은 조진휘로 직업은 기자였다.

그는 현재 한국 최고의 플레이어 방송사, PBS에서 근무하고 있는 기자였는데 과거에 그가 먼저 잠수를 타기 전까진 공적으로 꽤나 가까운 사이였다.

그도 그럴 게 능력 있는 기자 한두 명쯤 알아 두면 여러모로 일 처리가 수월했으니까.

수호가 말했다.

“PBS의 조진휘 기자님이시죠? 반갑습니다, 전 안수호라고 합니다.”

- 안수호요?

그 말에 조진휘가 잠시 머리를 굴린다.

대뜸 자기 이름으로 소개하는 걸 보니 뭔가 있는 사람 같아서 기억을 뒤져 보는 것이다.

그런데 아무리 머릿속을 뒤져도, 수첩을 뒤져도 안수호란 이름은 떠오르지도 적혀 있지도 않았다.

그래서 조심스럽게 물었다.

- 죄송합니다만, 제가 기억력이 안 좋아서 그런데 누구시죠?

역시.

아직은 나에 대해 모르는군.

하지만 이렇게 말하면 다를 것이다.

“전 얼마 전에 신도림역에 발생한 미전조 게이트의 단독 공략자입니다.”

그 말에 조진휘가 눈을 크게 키우며 바로 자세를 고쳐 앉았다.

- 신도림역 단독 공략자요? 그, 그리고요?

“그리고 좀 있으면 발표될 어제 치러진 헌터시험의 수석 합격자이기도 합니다.”

- 네? 수석 합격자요?

조진휘는 순간 사고가 정지했다.

이게 무슨 말이야?

좀 전에는 분명 신도림역 미전조 게이트의 단독 공략자라며?

그럼 헌터란 말 아냐?

근데 왜 어제 시험을 봐?

그때 한 가지 사실이 조진휘의 머릿속을 스쳤다.

'설마 미등록 헌터였다고?'

경우의 수는 그것밖에 없었다.

헌터면허는 운전면허와 달라서 한 번이라도 취소되면 두 번 다시 재취득이 불가능했으니까.

수호가 시간을 확인하며 말했다.

"네, 그렇습니다. 좀 있으면 공홈에 합격자 발표가 날 테니 직접 확인해 보면 아시게 될 겁니다. 이 사실을 알려 드리기 위해 전화드린 겁니다."

조진휘는 놀리던 펜을 멈추고 입을 반쯤 벌렸다.

여러모로 신선한 충격이었기 때문이다.

그러다 얼른 정신 차린 조진휘가 물었다.

- ……근데 왜 하필이면 접니까?

이게 제일 궁금했다.

기자라면 자기 말고도 많을 텐데 왜 하필 나지?

그 물음에 수호가 대답했다.

“제가 앞으로 이래저래 하고 싶은 게 좀 많은데 친한 기자 한 명쯤은 만들어 두는 게 좋을 것 같아서요.”

생각지도 못한 노골적인 답변에 조진휘가 기가 찬 표정으로 되물었다.

- 그런 이유면 다른 기자들도 있잖아요?

“검색을 좀 하다 기자님 블로그에 쓰인 글을 좀 봤습니다. 기자님은 소위 말하는 금수저시라면서요? 근데도 힘든 기자 일을 하신다는 건 다른 기자들에 비해 직업적 프라이드가 훨씬 뛰어나다는 증거 아니겠어요?”

그 말에 조진휘는 자기도 모르게 헛웃음을 터뜨렸다.

말이 좀 노골적이긴 했지만 사실이었기 때문이다.

수호가 하고 많은 기자들 중에 조진휘를 택한 이유, 그건 조진휘가 흔히 말하는 진짜 ‘금수저’였기 때문이다.

‘자긴 집안에 돈이 많아서 청탁 같은 건 일절 안 받는다고 했지.’

물론 그의 집안이 어떤 집안인지는 모른다.

아무리 수호가 공무원이라지만 남의 신상을 캐는 건 불법이었으니까.

하지만 그는 블로그에 쓰인 글처럼 일개 기자임에도 불구하고 최신형 노란 페라리를 타고 다녔다.

그래서 별명도 ‘금빛 기레기’.

노란 기레기나, 황금 기레기라고도 불리긴 하지만 본인

은 금빛 기레기란 말을 가장 좋아했다.

'그게 제일 멋있다나 뭐라나.'

게다가 조진휘를 오랫동안 지켜봤지만 그는 정말로 대가성 기사는 단 한 줄도 써 주지 않았다.

그래서 전생에 그가 스스로 잠적하기 전까진 참 많은 협업을 진행했다.

그의 특출난 취재력과 더불어 기자 특유의 만렙 어그로 능력은 언론몰이 할 때 여러모로 편리했으니까.

'물론 그 특출남이 너무 빼어난 나머지 나중에 축출되어 사라지긴 하지만…….'

어떤 집단이든 송곳은 튀기 마련이다.

조진휘는 송곳 같은 사람이었다.

그래서 내부 파벌 싸움에 휘말려 본의 아니게 은퇴할 수밖에 없었다.

사실 은퇴인지 아닌진 모른다.

그쯤 스스로 잠적해 버리는 바람에 다들 파벌 싸움에 밀려 은퇴한 것으로만 알고 있었으니까.

허나 이번엔 그렇게 되지 않도록 수호가 조진휘를 직접 케어할 생각이었다.

조진휘의 말이 이어졌다.

- 말씀은 잘 알겠습니다만, 그래도 이런 식의 접근은 좀 불쾌하네요. 제가 아무리 특종에 목마른 기자라지만 그렇

다고 당신의 하수인은 아니잖아요?

“물론 아니죠. 전 그저 뛰어난 파트너를 원할 뿐이니까요.”

- 뛰어난 파트너는 무슨…… 까놓고 이야기해 봅시다. 이런 사실을 나에게 알려주려는 건 슬슬 길드에 들어갈 때가 돼서 몸값 뻥튀기하려고 그러는 거 아니에요?

“그렇게 생각하실 수도 있겠네요. 근데 저처럼 뛰어난 사람이 고작 언플 따위로 몸값을 부풀리겠어요?”

- 네?

“제가 원하는 건 유명세입니다. 전 공무원이 될 생각이거든요.”

- ……?

그 말에 조진휘는 한 번 더 사고가 정지했다.

동시에 표정에서 ‘이 새낀 뭐지? 라는 표정이 띄워졌다.

그도 그럴 게 누가 봐도 초대형 길드 유망주 테크 타던 놈이 갑자기 공무원 헌터를 하겠다고 선언해 버렸으니까.

조진휘가 도무지 이해가 안 돼서 되물었다.

- 저를 통해 언플까지 해서 유명세를 얻고 싶다는 건 보통 대형 길드에 들어가기 위한 플랜 아닙니까? 몸값을 부풀리기 위한? 그런데 갑자기 공무원 헌터라뇨? 농담이시죠?

“농담 아닙니다. 전 대헌협에 들어가 현장에서 뛸 겁니다. 이미 관계자한테도 충분히 어필해 뒀구요. 굳이 이유를 꼽자면 공익을 위해서라고 해 둡시다. 전 저 혼자 잘 먹고 잘 사는 것에는 별로 관심이 없는 사람이든요."

- 그건 또 무슨…… 혹시 수호 씨도 저처럼 부모 잘 만난 그런 인생이십니까? 그래서 명예를 원하시는 거예요?

"아뇨, 전 흔히 말하는 게이트 고아입니다. 얼마 전에는 학과 내 부조리를 견디지 못해 자퇴한 체대생이기도 하고요. 그래서 공익에 관심이 있다고 해 둡시다. 특히 게이트 박멸이 제 인생 최대 목표입니다. 이 정도면 기사 작성에 필요한 소스는 충분하죠?"

- 허 참…….

수호의 말마따나 기사에 필요한 소스는 다 나오긴 했다.

하지만 그래서 더더욱 이해가 안 됐다.

말하는 것만 보면 전형적인 영웅 서사시인데 뭔 놈의 영웅이 이래?

'이놈 이거 진짜야?'

조진휘는 갈등했다.

곧 있으면 나올 합격자 발표를 보면 알겠지만 설령 그게 진짜라 해도 수호한테서 사짜 냄새가 너무 심하게 났기 때문이다.

그래서일까?

얼마간의 고민 끝에 조진휘는 그냥 무시하기로 했다.

- 그래요. 무슨 말씀인지는 알겠는데 그렇다고 당신의 전속 기자가 되어 줄 순 없습니다. 전 제가 쓰고 싶은 기사

만 씁니다. 그러니 헌터시험 수석 건도 그냥 못 들은 걸로 하겠습니다.

그 말에 수호가 웃었다.

역시 조진휘.

금수저 배짱 특유의 곤조가 있다.

수호가 말했다.

"그럼 저랑 내기 하나 하시죠."

- 내기요?

"예, 내기요. 아무래도 저에 대한 믿음이 없으신가 본데 제가 말뿐인 사기꾼이 아니란 걸 증명하겠습니다. 헌터가 됐으니 실력으로 증명하면 되겠죠?"

- 그게 무슨…… 어떻게 증명하겠다는 겁니까?

"저 지금 판교에 있습니다."

- 판교요?

"네, 이제 면허도 땄으니 슬슬 도전의 탑에 오를 생각이거든요."

도전의 탑.

신규 플레이어들이 면허를 따면 약속처럼 모이는 곳.

그래서 심드렁히 대답했다.

- 그런데요?

"전 오늘 그곳을 공략할 예정입니다. 그것도 혼자서요."

- 예? 도전의 탑을 홀로 공략한다고요?

“예, 이게 제 다음 계획입니다. 진짠지 아닌지는 직접 지켜보세요. 그럼 자연스럽게 알 수 있을 겁니다. 근데 만약 제가 오늘 혼자서 도전의 탑을 공략하는데 성공하면 그때부턴 제 전속 기자이자 개인 기자로 움직여 주시겠습니까?”

터무니없는 제안.

그도 그럴 게 도전의 탑은 여태 그 누구도 공략하지 못한…… 아니, 최고 기록조차 얼마 되지 않는 그런 곳이었기 때문이다.

그렇기에 조진휘는 자기도 모르게 비웃음을 흘렸다.

- 좋습니다, 당신이 수석 합격자인 것과는 별개로 정말 그 도전의 탑을 단독 공략하는데 성공하면 앞으로 당신이 뭘 요구하든 간에 기자로서 해 줄 수 있는 건 다 들어드리겠습니다.

“좋습니다. 그럼 좀 이따 다시 연락하시죠. 기자님만 괜찮으시면 아예 판교에서 뵙던가요.”

대화를 마친 수호는 통화를 종료했다.

구두로 맺은 약속이지만 이 정도면 충분했다.

조진휘는 바보가 아니었으니까.

통화를 마친 수호는 고개를 틀어 하늘 높이 첨탑처럼 솟아 있는 도전의 탑을 올려다보았다.

‘오랜만이네.’

수호가 도전의 탑 입구로 향한다.

Chapter 4

도전의 탑.

소위, '사냥터'라고 불리는 곳이며 이곳은 20레벨 이하의 플레이어들이 자유롭게 성장할 수 있도록 나라에서 관리하는 공영 게이트 중 하나였다.

수호가 이곳에 온 이유 중에는 좀 전에 조진휘에게 말했던 대로 탑의 공략도 있었지만 보다 원초적인 이유는 당연히 빠른 성장에 있었다.

어찌 됐든 현재의 자신은 레벨이 초기화된 상태나 마찬가지였으니까.

그와 더불어……

'여기서 꼭 그걸 손에 넣는다.'

판교 도전의 탑에만 숨겨져 있는 히든 피스.

그게 바로 수호가 이곳에 온 목적들 중 하나이기도 했다.

이어서 수호가 자신의 상태창을 확인했다.

[안수호]
- Lv : 10
- 클래스 : 치유사
- 근력 : 20
- 체력 : 20
- 마력 : 20
- 감각 : 10
- 보너스 스탯 : 0

감각은 일부러 올리지 않았다.

동체시력이나 마력감지 같은 기감을 활성화시켜 주는 감각 스탯은 다른 스탯들에 비해 당장은 필요한 게 아니었으니까.

준비를 마친 수호는 잉크도 안 마른 헌터면허를 들고 도전의 탑 입구로 향했다.

"탱커 구해요!"

"근접 딜러 한분 구합니다!"

"서포터 한 명 있어요!"

도전의 탑 입구로 향하자 많은 사람이 보인다.

이들은 모두 파티 사냥을 위해 남아 있는 사람들이었다.

도전의 탑은 솔로잉보단 파티 사냥이 훨씬 더 효율적이었으니까.

'물론 머릿수가 늘어난 만큼 개개인이 얻는 경험치는 줄겠지만…… 그래도 장기적으로 보면 함께하는 게 낫지.'

물론 수호는 조진휘에게 말한 대로 혼자 오를 생각이었다.

도전의 탑에 대해서라면 알 만큼 알고 있었으니까.

수호는 도전의 탑 입구로 가서 입구 직원에게 면허증을 건네며 입장을 요청했다.

그러자 직원이 면허증과 수호를 번갈아 가며 보더니 물었다.

"혼자세요?"

"네."

"면허 번호를 보니 어제 합격하신 분이신데…… 이번이 처음이시면 파티를 맺어 도전하는 게 더 낫지 않을까요?"

도전의 탑은 공영 게이트이다 보니 관리하는 사람도 전부 공무원이다.

쉽게 말해 대헌협 소속이란 말.

그래서 이런 조언을 하는 것이다.

아무리 도전의 탑이 레벨 20 이하만 입장할 수 있는 초보자들을 위한 사냥터 같은 곳이라지만 그런 곳에서도 인명 사고는 일어났으니까.

"괜찮습니다. 전 혼자가 편합니다."

"네, 뭐…… 알겠습니다."

하지만 그럼에도 불구하고 혼자 들어가겠다는 사람을 강제로 말릴 수는 없다.

법에 그런 구절은 없었으니까.

수호는 약간의 이용료를 지불한 뒤 관리 직원이 열어 준 문 속으로 들어갔다.

그러자 문 뒤에 생성되어 있는 포탈이 보였고 수호는 그 안으로 망설임 없이 발걸음을 옮겼다.

[도전의 탑에 입장합니다.]

[도전의 탑은 중도 포기가 가능하며……

탑에 입장하자 관련 안내 문구들이 떠오른다.

전부 다 기억이 난다.

그래서 얼른 스킵했다.

도전의 탑에서 주의해야 될 건 거의 없다.

도전 중간에 언제든 포기할 수 있었으니까.

'포기 선언을 외치는 순간 1층 입구로 강제 송환되지.'

그래서 도전의 탑은 무리만 하지 않으면 웬만해선 죽지 않으며 그게 초보 헌터들이 도전의 탑을 찾는 결정적인 이유이기도 했다.

이윽고 1층에 입장하자 자그마한 운동장 정도 되는 크기의 필드가 펼쳐졌다.

[1층에 입장하셨습니다.]

[1층의 도전을 시작합니다.]

탑의 알림.

그와 동시에 시야에 슬라임들이 튀어나오기 시작했다.

'그래, 1층은 슬라임이었지.'

수호는 인벤토리에서 검을 꺼냈다.

검은 직업 선택을 하고 시스템에게서 받은 초심자의 검이었다.

동대문 시장에서 다른 무기를 구매하긴 했지만 우선은 초심자의 검을 썼다.

아직은 이거면 충분했으니까.

수호가 본격적인 등반을 위해 검을 휘두르기 시작한다.

'미친놈 아냐 이거?'

조진휘는 통화가 끝난 뒤 수호의 전화번호를 한동안 쳐다보았다.

처음엔 미친놈이라고 생각했다.

하지만 수석 합격 건도 그렇고 말하는 것도 그렇고 아무리 봐도 거짓말을 하는 것처럼 보이진 않았다.

'대체 무슨 꿍꿍이지?'

게다가 그런 말도 안 되는 제안을 들었음에도 불구하고 자신의 촉은 여전히 수호를 가리키고 있었다.

그게 가장 마음에 걸렸다.

그러다 결국 장고 끝에 선택했다.

"에라 모르겠다, 되면 좋은 거고 안 되면 마는 거지."

조진휘가 안수호에 대한 기사를 작성하기 시작한다.

수호의 기억에 따르면 공식적인 도전의 탑 최고 기록은 49층이었다.

물론 이건 어디까지나 수호가 살았던 과거의 삶에서의 기준이었고 현재까지 알려진 최고 기록은 29층.

그마저도 파티 플레이로 세운 기록이었다.

'당연히 파티 플레이로 도전할 수밖에 없지.'

그도 그럴 게 도전의 탑은 층계가 하나씩 높아질수록 몬스터의 레벨도 함께 비례하니까.

예컨대 19층 몬스터의 경우 19레벨의 몬스터가 나온다는 말.

그래서 최고 기록에 도전하고자 하는 사람들은 도전의 탑 최고 입장 제한 레벨인 20레벨 헌터들로만 파티를 꾸려 공략을 시도한다.

그게 가장 효율적인 방법이었으니까.

하지만 그 정석적인 방법을 깨뜨린 플레이어가 등장하는데 그 사람이 바로 한때 '요새왕'이라 불렸던 '장평호 플레이어'였다.

[18층을 클리어하셨습니다.]

[19층으로 이동합니다.]

18층에 존재하는 모든 몬스터를 사냥하자 위층으로 향하는 포탈이 생겼다.

수호는 가감 없이 포탈 속으로 들어갔고 포탈 속에 들어가자마자 도전이 시작되었다.

[19층에 입장하셨습니다.]

[19층의 도전을 시작합니다.]

19층의 몬스터는 한 마리였다.

녀석의 이름은 레드 게인으로 붉은 피부에 하얀 백발, 그리고 머리에 외뿔이 나 있어 레드 게인이란 이름보다는 빨간 도깨비란 별명으로 불리었다.

수호는 자신을 발견하자마자 달려오는 녀석을 향해 격발하듯 검을 뽑었다.

서걱!

허리춤에서 뽑어진 검은 아직 타격 거리 안에도 들지 못한 레드 게인의 목에 거대한 검흔을 새겼다.

그러자 녀석의 목에 커다란 피 분수가 뿜어지더니 이내

수호의 근처에도 못 오고 털썩 쓰러져 죽고 말았다.

[레드 게인을 처치하셨습니다.]

[19층을 클리어하셨습니다.]

[20층으로 이동합니다.]

레드 게인을 처치하자 눈앞에 20층으로 향하는 포탈이 생겼다.

그러나 수호는 포탈에 관심을 두긴커녕 죽은 레드 게인에게 다가가 사체를 뒤집었다.

본디 탑의 몬스터라 하면 죽음과 동시에 천천히 스러 사라지는 게 상식이지만 레드 게인 만큼은 예외였다.

그도 그럴 게 수호가 찾던 히든 피스가 바로 이 녀석에게 있었으니까.

수호는 녀석의 목에 걸린 목걸이를 잡아 뜯었다.

각종 짐승의 송곳니로 만든 듯한 전형적인 뼈 목걸이.

물론 착용할 순 없다.

시스템을 통해 얻은 아이템이 아니었으니까.

하지만 수호가 원하는 건 목걸이 그 자체가 아니라 뼈 목걸이 사이에 숨겨져 있는 '작은 열쇠'였다.

'여기 있네.'

열쇠는 뼈로 만들어져 있는데다 다른 뼈 장식과 생김새가 비슷하여 유심히 살피지 않으면 이게 열쇠인지 분간키가 어려웠다.

하지만 수호는 이게 열쇠임을 안다.

그도 그럴 게 이게 바로 과거에 세상을 떠들썩하게 한 '요새왕 장평호'의 알파이자 오메가였으니까.

열쇠를 손에 넣은 수호는 마력감지를 사용해 주변을 스캔하기 시작했다.

그러자 멀지 않은 곳에 이질적인 홈 하나를 찾을 수 있었고 그것이 장평호가 말했던 열쇠 구멍임을 알 수 있었다.

구멍에 열쇠를 집어넣자 크기가 딱 들어맞는다.

이윽고 열쇠를 돌리자 철컥! 소리와 함께 열쇠가 구멍 속으로 쏙 들어갔다.

[레드 게인의 숨겨진 굴을 발견하셨습니다.]

쿠구구구구구!

시스템 알림.

그것은 레드 게인의 보금자리를 발견했다는 알림이었다.

그와 동시에 눈앞에 직사각형 모양으로 일렁이는 새로운 포탈 하나가 나타났다.

'이게 그 유명한 요새왕의 요새 입구로군.'

요새왕 장평호.

그는 본디 어디서 흔히 볼 수 있는 평범하기 짝이 없는 헌터 플레이어였다.

그러던 어느 날 도전의 탑에서 레드 게인의 열쇠를 발견하고 특별한 스킬을 하나 얻게 되는데, 그 스킬이 바로 '아공간 하우스'였다.

물론 아공간 스킬은 비교적 흔할 수도 있다.

세상에는 아공간 스킬뿐만이 아니라 아공간 기능이 탑재된 아이템들도 많았으니까.

하지만 그럼에도 불구하고 장평호가 요새왕이 될 수 있었던 건 기존의 아공간과 장평호의 아공간 하우스에는 결정적인 차이점이 존재했기 때문이다.

'장평호의 아공간 하우스에는 바로 생명체가 들어갈 수 있다는 거지.'

인벤토리나 보통의 아공간에는 생명체가 들어갈 수 없다.

예컨대 사람이나 동물 같은.

하지만 장평호의 아공간 하우스에는 사람을 비롯한 모든 생명체가 들어갈 수 있었다.

그래서 장평호가 세계적으로 유명한 요새왕이 될 수 있었던 것.

그가 아공간 하우스 속에서 농성하기 시작하면 그 누구도 장평호를 밖으로 끌어낼 수가 없었으니까.

그런 의미에서 장평호에겐 요새왕 외에도 다른 별명들이 많았다.

잠수왕, 존버왕 같은 별명들 말이다.

이윽고 수호가 아공간 하우스에 발을 들이자 주변 풍경이 또 한 번 바뀌며 아공간 하우스 내부가 드러났다.

'여기가 아공간 하우스…….'

수호도 아공간 하우스 내부를 보는 건 이번이 처음이었다.

그도 그럴 게 이곳에는 오직 장평호가 허락한 사람만이 들어올 수 있었으니까.

아공간 하우스 내부는 아무것도 없는 기존의 아공간과는 달리 정말 여느 집의 실내처럼 꾸며져 있었다.

물론 지금은 그 기준이 '레드 게인'에게 맞춰져 있지만 이건 수호가 다시 꾸미면 될 일.

그때였다.

[아공간 하우스의 주인이 사망하였습니다.]

[아공간 하우스는 새로운 주인을 필요로 합니다.]

[아공간 하우스의 새로운 주인이 되시겠습니까?]

시스템의 물음.

역시.

아공간 하우스는 사용자에게 귀속되는 스킬.

그런데 그 주인이 죽었으니 이제 아공간 하우스는 먼저 갖는 사람이 임자인 셈.

수호는 조금도 망설이지 않고 고개를 끄덕였다.

[아공간 하우스의 새로운 주인이 되셨습니다.]

[축하드립니다! 아공간 하우스(S)를 터득하셨습니다.]

[아공간 하우스가 당신에게 귀속됩니다.]

[아공간 하우스가 당신의 마력에 영향을 받습니다.]

아공간 하우스 옆에 붙어 있는 S급 표시.

명백한 S랭크 스킬의 표식이었다.

허나 이번에는 보너스 스탯이 지급되지 않았다.

이건 스스로 터득하여 이뤄낸 업적이 아닌 단순한 발견일 뿐이었으니까.

이윽고 스킬이 수호에게 귀속되자마자 하우스 내부에 변형이 일어나기 시작했다.

쿠구구구-

옅은 진동과 함께 내부 구조가 바뀌더니 이내 공간이 더 넓어졌다.

레드 게인이 가지고 있던 마력보다 수호가 가진 마력이 더 높았기 때문이다.

그뿐일까?

레드 게인의 취향으로 꾸며져 있던 하우스 내부는 이내 곧 수호가 생각하는 깔끔한 기준의 디자인으로 인테리어가 바뀌었다.

전형적인 한국 아파트 거실의 모습이었다.

'사용자가 가진 마력의 영향을 받는다더니 정말이었군.'

그 순간, 수호가 챙겼던 작은 열쇠가 바스러지며 사라졌다.

삭제되거나 잃어버린 게 아니다.

정확히는 수호의 왼쪽 손아귀 속으로 스며든 것.

손아귀를 살펴보니 장평호가 말했던 대로 아공간 하우스의 주인을 뜻하는 표식인 열쇠 모양이 아로새겨졌다.

열쇠 모양의 표식은 이내 곧 사라졌다.

장평호의 말에 따르면 평소엔 안 보이지만 아공간 하우스를 사용할 때만 드러난다고 했으니까.

수호는 자신의 왼손을 꼭 쥐며 생각했다.

'드디어 내게도 개인 요새가 생겼다.'

아공간 하우스를 요새라고 부르는 건 장평호가 그리 불렀기 때문이다.

왜냐하면 장평호는 아공간 하우스를 말 그대로 요새처럼 활용했으니까.

특히 '밀수'를 할 때 말이다.

'마약부터 국보에 사람까지…… 놈이 안 다룬 물건이 없었지.'

확실히 아공간 하우스만 있다면 그 어떤 밀수도 수월하게 진행할 수 있긴 했다.

아공간 하우스는 기존의 아공간과는 다르게 생명체까지 담을 수 있었으니까.

게다가 마력 스탯만 높으면 공간을 얼마든지 확장할 수 있었다.

그래서 장평호는 자신의 능력을 밀수에 가감 없이 활용했고 그 결과, '밀수왕' 혹은 '마약왕'이란 새로운 별명이 생겼다.

하지만 그런 장평호도 결국엔 붙잡힐 수밖에 없었는데.

아공간 하우스에 한번 들어가면 사실상 무적이나 다를 바 없긴 했지만, 역으로 생각하면 다른 곳으로 나올 수가 없었기 때문.

그래서 대헌협은 장평호가 아공간 하우스에 들어가는 순간을 목격하자마자 그곳에 포위망을 설치하고 24시간 내내 진을 치고 있었다.

'그래서 잡는데만 약 3년이 넘게 걸렸지.'

지독한 놈이었다.

아공간 하우스에 이것저것 얼마나 설비를 잘 해 뒀는지 혼자서만 무려 3년을 넘게 농성했으니까.

아공간 하우스를 손에 넣은 수호는 다시 하우스 바깥으로 나왔다.

그런 다음 조금도 망설이지 않고 다음 층으로 향했다.

한편.

수호가 도전의 탑을 오르는 동안 헌터 업계에선 작은 소란들이 일어났다.

- 이번 헌터시험 수석 합격자는 '안수호' 헌터.

- 안수호 헌터, 그는 누구인가?

소란이라고 해 봤자 매해 있는 이슈 정도였다.

그도 그럴 게 매해 치러지는 헌터시험의 수석 합격자들은 당연히 모두의 기대를 한 몸에 받는 라이징 스타였으니까.

그렇기에 국내의 각종 길드들도 슬슬 수호를 영입하기 위한 준비를 시작했다.

수석 합격자는 그 어떤 신인들보다도 기대치가 가장 높았으니까.

그런데 그때, 갑자기 발행된 새로운 기사로 인해 다들 큰 충격에 빠지게 됐다.

- [단독] 안수호 헌터, 그는 사실 넥서스 아카데미 출신인 것으로 알려져…….

- [단독] 안수호 헌터, 그는 사실 신도림역 미전조 게이트의 단독 공략자였다!

그것은 넥서스 아카데미에서 뿌린 전략적 홍보 기사였다.

그 소식을 접한 길드들은 아쉬움을 삼키며 포섭전에서 발을 뺐다.

넥서스 아카데미 출신이라면 업계 3위의 넥서스 길드에서 키운 대형 유망주란 뜻일 테니까.

덕분에 뒤늦게 소식을 접한 헥사곤과 프라임만 뒤통수가 얼얼해졌다.

그도 그럴 게 매 헌터시험마다 자웅을 겨룬다고 생각했

던 건 오직 자기네들뿐이었는데 전혀 생각지도 못한 셋째가 유쾌한 반란을 일으킨 격이었으니까.

김수애가 빗발치는 학원 문의 전화들을 보며 웃음을 감추지 못했다.

'3억이 전혀 아깝지 않은 결과네.'

덕분에 학원 실적도 실적이었지만 길드장과 부길드장에게 따로 전화를 받아 칭찬까지 들었다.

그도 그럴 게 학원장이 할 수 있는 최고의 성과가 바로 헌터시험에서 수석 합격자를 배출하는 것이었으니까.

하지만 김수애를 비롯한 넥서스 길드는 여기서 절대로 만족하지 않았다.

- 프라임에서 먼저요? 그게 뭐가 중요합니까, 얼마를 들여도 좋으니 그 사람 좀 어떻게든 포섭해 봐요! 돈은 우리도 많아요!

다른 사람이 으레 그렇듯 넥서스 길드장도 욕심이 많은 사람이었다.

아니, 한 단체의 대표로서 모처럼 찾아온 이런 기회를 놓치고 싶지 않았다.

그건 김수애도 마찬가지였다.

그래서 한발 빠르게 수호한테 길드 가입 권유를 했던 것이고.

'그때는 실패했지만 이번에야말로 반드시……!'

이번엔 무려 길드장의 오더가 떨어졌다.

말인즉, 전보다 훨씬 더 많은 혜택을 제공할 수 있다는 이야기.

그런데 그때였다.

- [단독] 이번 헌터시험 수석 합격자, 안수호 헌터, "내 꿈은 공무원 헌터."

갑자기 업로드된 단독 보도.

출처를 찾아보니 자기들이 띄운 게 아니었다.

한국 최고의 플레이어 방송사, PBS에서 발행한 기사였다.

그래서 더더욱 믿기가 힘들었다.

헌터시험 수석 합격자라면 그해 최고로 높은 몸값을 받아 민간 헌터가 되는 것이 상식일진대 갑자기 공무원 헌터라니?

어그로성 찌라시일까?

그럴 리가 없다.

PBS는 이런 걸로 장난치는 황색 언론 같은 곳이 아니었으니까.

하지만 수호는 분명 자신의 제안에 긍정적인 반응을 보였는데?

김수애가 놀란 마음에 기사를 읽어 내려가기 시작했으나 기사를 다 읽었음에도 여전히 수호의 뜻을 이해할 수가 없었다.

'대체 왜?'

그사이 무슨 바람이 분 거지?

설마 정부 쪽에서 자신들 모르게 뒷거래라도 제안한 건가?

김수애가 입술을 꽉 깨물며 길드장에게 전화를 걸었다.

무슨 일인진 모르겠지만 김수애는 절대로 수호를 포기할 생각이 없었기에.

[29층을 클리어하셨습니다.]

[30층으로 이동합니다.]

그로부터 시간이 얼마나 지났을까?

수호가 다시 열 개 층을 돌파했을 무렵이었다.

수호가 드디어 도전의 탑 최고 공식 기록을 클리어하는데 성공했다.

29층을 클리어하자 수호의 눈앞에 그의 기록 갱신을 축하하는 시스템 알림들이 쏟아졌다.

[도전의 탑 최고 기록을 달성하셨습니다.]

[대단한 업적을 달성하여 시스템이 당신에게 보너스 스탯을 5개 선물합니다.]

[30층에 도전하실 경우, 탑 외부에 플레이어님의 업적

이 중계되기 시작합니다.]

[원하신다면 익명 처리가 가능합니다.]

[플레이어명을 밝히시겠습니까?]

보너스 스탯 5개.

저건 앞으로 최고 기록을 갱신할 때마다 줄 것이다.

그래서 조금 아쉬웠다.

최고 기록의 층수가 좀 더 낮았더라면 그만큼 추가 스탯을 확보할 수 있었을 테니까.

시스템의 물음에 수호는 잠시 고민하더니 이내 고개를 저었다.

유명세를 생각하면 지금 당장 밝히는 것도 좋았지만 그건 다음 층을 공략하고 공개해도 늦지 않다고 생각해서였다.

'조진휘, 분명히 보고 있겠지.'

내 앞에서 센 척은 했지만 기자 특성상 호기심은 억제하지 못했을 것이다.

그러니 지금쯤이면 직접 판교로 왔거나 개인방송 플랫폼을 통해서라도 이쪽을 주시하고 있을 터.

수호는 조진휘가 최대한 오랫동안 애간장이 타길 바랐다.

익명 처리를 한 수호가 다시 포탈 속으로 걸어 들어간다.

✱

[29층이 공략되었습니다.]

[새로운 도전자가 30층에 도전합니다.]

수호가 익명을 선택한 순간, 도전의 탑은 수호에게 미리 고지한 대로 수호의 도전 소식을 탑 외부에 중계하기 시작했다.

그것을 본 사람들은 모두 다 하는 일들을 멈추고 술렁이기 시작했다.

"30층?"

"최고 기록에 도전한다고?"

"이번엔 누구야?"

탑 최고 기록 도전은 도전의 탑을 오르는 이들 사이에선 항상 핫한 이슈였다.

그리고 생각보다 꽤 많은 사람이 30층까지 도달하는데 성공했다.

왜냐하면 29층이라고 해 봤자 29레벨 몬스터가 나오는 데다 그쯤 도착한 파티원들의 평균 레벨은 25를 웃돌았으니까.

하지만 그럼에도 30층은 아직까진 난공불락으로 불리고 있었다.

이유는 오직 하나.

30층에는 도전의 탑 최초로 '골렘'이 나오기 때문.

"이번엔 어느 팀이 개박살 나려나."

"근데 왜 익명으로 했대?"

"실패할 거 감안하고 도전했나 보지."

"길드에서 진행하는 내부 테스트 아냐?"

"그럴지도."

"그래도 실명 까고 도전하는 게 몸값 올리기엔 더 좋을 텐데."

그 말도 맞았다.

헌터 업계에선 자신의 실력을 증명할수록 몸값이 높아지는 건 사실이었으니까.

그런 의미에서 도전의 탑은 꽤나 괜찮은 증명 수단이었고.

그렇게 모두들 도전자가 누군지 웅성이고 있을 때, 딱 한 명만 설마 하는 표정으로 이 도무지 믿을 수 없다는 표정으로 탑의 알림을 쳐다보고 있었다.

조진휘였다.

기사 작성을 마친 조진휘는 혹시나 하는 심정으로 판교로 왔다.

그런데 놀랍게도 도전의 탑에는 정말로 이변이 일어나고 있었다.

'안수호…… 설마 진짜 너냐?'

신도림역 단독 공략자이자 헌터시험 수석 합격자, 그와

더불어 현재 업계에서 가장 뜨거운 감자로 부상하고 있는 안수호.

그런데 뭔가 좀 이상했다.

녀석은 분명 유명세를 원한다고 했는데 왜 익명으로 탑을 오르는 거지?

'설마 나 때문에?'

그게 이유라면 그놈은 정말 또라이라고 생각했다.

그리고 만약 탑이 말한 익명의 플레이어가 정말로 안수호라면……

꿀꺽.

조진휘가 마른침을 삼켰다.

'넌 나랑 평생 가는 거다.'

동시에 조진휘가 두 눈을 빛내며 입꼬리를 올렸다.

그런데 그때였다.

[30층이 공략되었습니다.]

[도전의 탑, 최고 기록이 갱신되었습니다.]

새롭게 떠오른 탑의 알림.

그것을 본 조진휘는 물론 주변 플레이어 모두의 눈이 보름달처럼 휘둥그레 커졌다.

29층을 클리어한 지 얼마나 됐다고 30층을 클리어해?

잘못 본 게 아니었다.

사실이었다.

탑과 시스템은 명확하게 도전의 탑 30층 클리어를 말해 주고 있었다.

허나 더 놀라운 사실은……

[공략자는, '안수호 플레이어'입니다.]

[안수호 플레이어가 31층 도전을 시작합니다.]

"……!"

탑의 알림을 본 조진휘의 눈알이 튀어나올 것처럼 휘둥그레 커졌다.

[31층이 공략되었습니다.]

[도전의 탑, 최고 기록이 갱신되었습니다.]

[공략자는, '안수호 플레이어'입니다.]

[안수호 플레이어가 32층 도전을 시작합니다.]

[32층이 공략되었습니다.]

[도전의 탑, 최고 기록이 갱신되었습니다.]

[공략자는, '안수호 플레이어'입니다.]

[안수호 플레이어가 33층 도전을 시작합니다.]

[33층이 공략되었습니다.]

[도전의 탑, 최고 기록이 갱신되었습니다.]

[공략자는, '안수호 플레이어'입니다.]

[안수호 플레이어가 34층 도전을 시작합니다.]

……

30층이라는 신기록을 세운 순간, 수호는 예정대로 세상에 자기 이름 석 자를 공표했다.

그러자 바깥은 난리가 났고 수호가 탑을 오르면 오를수록 세상은 그 어느 때보다도 시끄러워졌다.

특히 김수애도 정말 놀랐다.

"아, 안수호 헌터가 실시간으로 도전의 탑 신기록을 달성 중이라고?"

"예, 원장님! 지금 기사를 보시면 아시겠지만 지금도 실시간으로 도전 중이며……!"

넥서스 길드 본사 건물.

김수애는 안수호의 영입을 위해 본사 건물로 찾아가 길드장과 부길드장을 상대로 긴급회의까지 소집했다.

그리고 직접 안수호 헌터에 대한 영입 조건을 조정 중이었는데 생각지도 못한 급보에 계획한 모든 것을 백지로 돌릴 수밖에 없었다.

이미 뉴스에서도 실시간으로 도전의 탑 상황을 생중계 중인 상황.

그때, 김수애만큼이나 눈이 커진 넥서스 길드장이 조용히 안경을 벗으며 말했다.

"이거…… 어쩌면 상상 이상의 액수를 불러야 할지도 모르겠습니다."

그 말에 자리에 있던 간부들 모두가 조용히 고개를 끄덕였다.

놀란 사람은 김수애뿐만이 아니었다.

정철민도 마찬가지였다.

'수, 수호 씨가 도전의 탑을?'

꿈인가 싶어 볼도 꼬집어 보았다.

그런데 꿈이 아니었다.

그래서일까?

정철민은 자기도 모르게 입꼬리가 하늘까지 치솟았다.

그도 그럴 게 정철민도 조진휘가 낸 단독 보도를 보았기 때문이다.

'어쩌면 우리 협회에 정말로 전무후무한 인재가 들어올지도……!'

상상만 해도 짜릿했다.

다른 사람도 아니고 안수호였다.

그가 대헌협에 들어와 준다면 그야말로 SSS급 신입이란 소릴 테니까.

하지만 마음 한편으로는 수호가 잘나갈수록 걱정이 되기도 했다.

저런 초대형 인재를 덥석 모셔 오기에 대헌협의 혜택은 초라하기 그지없었으니까.

그때 정철민의 휴대폰이 울렸다.

발신자는 부회장이었다.

발신자를 본 정철민이 잠시 눈을 좁혔다.

부협회장은 협회장과 더불어 정철민이 별로 좋아하지 않는 인물들이었기 때문.

허나 개인의 호불호를 떠나 까마득한 상사의 전화였기에 이내 전화를 받았다.

"예, 부회장님."

부협회장은 부협회장이란 칭호보단 부회장이란 칭호를 더 좋아했다.

부협회장보단 부회장이 더 어감이 좋다나 뭐라나.

대수롭지 않은 이유였지만 상사의 기호였기에 모두들 그리 불렀고 그건 정철민도 마찬가지였다.

정철민의 대답에 이내 곧 수화기 너머로 부회장의 대답이 흘러나왔다.

- 너 지금 어디야?

"판교입니다."

- 도전의 탑 때문에 나갔냐?

"예, 그렇습니다."

- 너 안수호랑 아는 사이라며?

이건 또 어떻게 알았을까?

정철민은 잠시 고민하던 끝에 대답했다.

“안면이 있는 정도지 개인적으로 아는 사이는 아닙니다.”

- 어쨌든 안다는 거잖아. 잘됐네. 네가 책임지고 안수호 좀 꼭 좀 데리고 와라.

그 말에 순간 정철민의 귀가 번쩍 뜨였다.

“네?! 데리고 오시라는 건 설마 저희 대헌협 소속으로 스카웃을……!”

- 뭔 소리야? 협회장님이랑 사진 좀 찍게 데리고 오라고.

“아…….”

그럼 그렇지.

갑자기 왜 전화했나 했네.

정철민의 표정이 한없이 구겨진다.

그러나 그러든 말든 부회장은 말을 이어 나갔다.

- 회장님이랑 같이 사진 좀 찍게 와꾸 좀 짜 봐. 소환 명목은 아무거나 적당히 대면 되잖아.

“……예.”

할 말을 마친 부회장은 전화를 끊어 버렸다.

정철민은 순간 휴대폰을 집어 던져 버리고 싶은 욕구가 치솟았지만 이내 진정했다.

‘이래서 협회 간부들은 전부 헌터 출신으로만 뽑아야 하는 건데…….’

대한헌터협회도 정부 부처이다 보니 요직들…… 예컨대 협회장이나 부협회장은 전부 임명직으로 끗발 있는 국회의원 출신들이 차지하고 있었다.

당장 협회장이 5선, 부협회장만 해도 4선 국회의원 출신이었으니까.

물론 국회의원들이 협회 간부로 있는 것 자체엔 별로 불만이 없다.

다만 그들 모두 플레이어 출신이 아닌 비각성자 일반인들이었기에 업계에 대한 이해도가 떨어지고 무얼 하든 전부 탁상행정뿐이라 불만이 많은 것.

대헌협에서 좋은 헌터들을 수급하지 못하는 것도 비슷한 이유에서였다.

- 아, 헌터들 대단한 거 알지! 근데 뭐? 나랏일 하는 공무원 뽑는데 뭔 돈을 그렇게 많이 줘?!

- 여기가 기업이야?

- 국민의 세금이 늬들 월급 많이 주라고 있는 줄 알아!!

- 헌터들이 없으면 나라가 망한다고? 길드는 폼이냐? 그래서 지금 우리가 망했어? 공무원 헌터 못 뽑았어?

늘 이런 식이다.

정철민이 고개를 내저으며 다시 도전의 탑 쪽으로 향했다.

어쨌든 명령이 떨어졌으니 지금부터라도 적당한 핑곗거리를 만들어야 했으니까.

*

[48층을 클리어하셨습니다.]

[도전의 탑, 최고 기록이 갱신되었습니다.]

[대단한 업적을 달성하여 시스템이 당신에게 보너스 스탯을 5개 선물합니다.]

[49층에 도전하실 경우 탑 외부에 계속해서 플레이어님의 업적을 중계합니다.]

시간이 얼마나 지났을까? 수호는 마침내 마지막 층이라고 알려진 49층으로 향하는 포탈 앞에 설 수 있었다.

49층에 도전하기 전, 수호는 자신의 상태창을 확인했다.

"상태창."

[안수호]

- Lv : 39
- 클래스 : 치유사
- 근력 : 95
- 체력 : 95
- 마력 : 91
- 감각 : 39
- 보너스 스탯 : 5

레벨 39.

그리고 그것과는 비교도 안 될 정도로 높은 스탯량.

레벨이 오를 때마다 오른 것과 10레벨 단위로 지급되는 5개의 보너스 스탯도 스탯이었지만.

도전의 탑 최고 기록을 갱신할 때마다 5개씩 부여받은 보너스 스탯이 현재의 결과값을 만드는데 가장 큰 공헌을 했다.

'이런 스탯 보상 때문에 장평호가 거물이 될 수 있었던 거지.'

장평호가 단순히 아공간 하우스 하나만으로 거물이 되었을까?

천만에.

그가 밀수 사업을 시작한 건 꽤 나중의 일이었다.

고작 아공간 능력 하나로 처음부터 큰물에서 놀기엔 여러모로 자격이 부족했으니까.

그래서 처음엔 도전의 탑에서 얻은 스탯을 바탕으로 착실하게 헌터 생활을 이어 나갔다.

그러다 어느 정도 네임벨류를 높인 후 그때부터 본격적으로 밀수 사업에 뛰어든 것.

수호는 획득한 보너스 스탯을 마력에 전부 투자한 후 장평호가 실패한 49층으로 향하는 포탈로 발걸음을 옮겼다.

[안수호 플레이어가 49층 도전을 시작합니다.]

시야가 바뀐다.

그리고.

"크허어어엉!!"

[타워 드래곤이 피어를 사용합니다.]

[공포 상태에 빠집니다.]

[몸이 경직됩니다.]

49층의 수문장이자 장평호가 끝끝내 꺾지 못했던 존재, 도전의 탑의 주인이자 최종 보스인 '타워 드래곤'이 모습을 드러냈다.

타워 드래곤을 본 수호는 자기도 모르게 미소를 지을 수밖에 없었다.

개인적으로 타워 드래곤은 꼭 한번 보고 싶다는 소망이 있었기 때문이다.

'드디어 보게 됐군.'

수호는 타워 드래곤 머리 위에 적힌 녀석의 정보를 보았다.

- 타워 드래곤 Lv.49

49레벨의 타워 드래곤.

타워 드래곤은 20레벨 이하만 들어올 수 있는 도전의 탑에서 유일하게 장평호만 겪어 본 존재.

그렇기에 한때 무를 좇았던 수호로썬 피가 끓을 수밖에

없는 것이다.

물론 타워 드래곤의 공략법에 대해선 알고 있다.

감옥에 갇힌 장평호는 생각보다 많은 것들을 이야기했기에.

감상을 마친 수호는 바로 큐어를 사용해 공포 상태로부터 빠져나왔다.

[큐어를 사용합니다.]

[공포 상태가 해제됩니다.]

다행히 큐어는 공포 상태를 해제시켜 주었다.

아마 레벨이 오름에 따라 함께 오른 스킬 등급 덕분이겠지.

현재 수호의 큐어는 C레벨이었다.

플레이어들이 가진 기본 클래스 스킬들은 10레벨 단위로 새로운 직업 스킬을 1개 지급함과 동시에 모든 직업 스킬들의 레벨을 한 단계씩 상승시켜 주기 때문이다.

수호는 천천히 층계의 사이드를 돌기 시작했다.

층계가 바뀜으로써 전장 또한 바뀌었는데 콜로세움처럼 탁 트인 49층은 중간에 거대한 돌탑이 세워져 있었고 서양식 용의 형상을 한 타워 드래곤은 도마뱀처럼 돌탑에 딱 붙어 있었다.

수호가 멀쩡한 모습으로 움직이기 시작하자 분노한 타워 드래곤이 한 번 더 울부짖었다.

"크허어어엉!!"

그러나 이번엔 피어의 공포 효과가 적용되지 않았다.

한 번 극복한 공포는 다시 적용되지 않는 것이 원칙이었으니까.

'얼마나 강하길래 그 장평호도 못 잡았는지 한번 볼까?'

수호는 천천히 발걸음을 떼기 시작하더니 이내 곧 타워 드래곤을 향해 달리기 시작했다.

그 순간, 타워 드래곤이 앞발을 휘둘러 돌탑을 쳤고 수호는 쿵! 소리가 들리자마자 높이 도약했다.

그러자 수호가 디딘 바닥으로부터 날카로운 돌기둥이 치솟았다.

장평호에게 익히 들은 바 있는 타워 드래곤의 '땅발톱'이란 기술이었다.

'역시.'

타워 드래곤은 이후에도 몇 차례 더 땅발톱을 사용하였으나 이미 땅발톱의 회피 조건을 아는 수호는 손쉽게 땅발톱을 피했다.

그리고 금세 녀석과 거리를 좁힌 후 다시 한 번 더 도약했다.

타닷- 파아!

수호는 돌탑의 우둘투둘한 부분을 밟아 공중으로 뛰어올랐다.

근력 스탯이 90을 넘어가자 도약력도 엄청 났다.

뛰어오른 수호는 일순 타워 드래곤의 눈높이와 비슷해졌다.

그러자 흥분한 타워 드래곤이 수호를 향해 아가리를 들이밀었으나 수호는 가볍게 몸을 틀어 녀석의 아가리를 종이 한 장 차이로 피하는데 성공했다.

콰득!

빗나간 아가리가 허공을 씹으며 이빨끼리 부딪친다.

수호는 그 틈을 타 아슬하게 피한 녀석의 옆니를 밟고 한 번 더 도약했다.

그때였다.

[도약에 대한 이해도가 매우 높습니다.]

[시스템이 당신의 재능에 대한 심사를 시작합니다.]

[축하드립니다! 도약(B)을 터득하셨습니다.]

도약 스킬을 터득했다.

별로 놀랍진 않았다.

이런 현상은 수호에게 있어 지극히 당연한 것이었으니까.

오히려 의아할 뿐.

'내가 아직 도약도 익히지 않았었네.'

상관없다.

이제라도 익혔으면 됐지.

도약이 스킬화되자 수호의 점프력이 훨씬 더 높아졌다.

수호는 돌탑을 한 번 더 밟고 도약했고 그러자 드디어 타워 드래곤을 내려다볼 수 있는 높이까지 떠오를 수 있게 되었다.

'분명 녀석의 머리 윗부분에 역린이 있다고 했지?'

타워 드래곤을 공격하지 않고 굳이 여기까지 올라온 이유.

용종 몬스터의 가장 기본적인 약점인 '역린'을 찾기 위해서였다.

이것은 장평호가 말해 준 타워 드래곤의 약점이기도 했지만 수호가 익히 알고 있는 상식이기도 했다.

그때, 군청색 비늘 사이로 유일하게 청록색을 띠고 있는 한 개의 비늘을 찾을 수 있었다.

'저거네.'

역린을 찾았다.

말인즉, 이제 저 부분만 공격하면 된다는 뜻.

허공에 몇 초간 떠오른 수호는 슬슬 중력이 자신을 잡아당기는 걸 느끼자 몸을 거꾸로 돌려 수직 낙하하기 시작했다.

그런 다음 그 상태 그대로 타워 드래곤에게 몸을 날렸다.

콰드득!

가속도가 붙은 칼날이 타워 드래곤의 비늘에 작렬한다.

하지만 역시 타워 드래곤.

비늘의 내구도가 상당하다.

혹시나 해서 시도해 본 건데 씨알도 안 먹히는 걸 깨달은 수호는 즉시 후퇴했다.

초심자의 검도 이빨이 다 나가 더는 못 쓸 정도가 되었다.

그때였다.

[역린을 공격당한 타워 드래곤이 광폭해집니다.]

[타워 드래곤이 드래곤 피어를 사용합니다.]

"크허어엉!!"

역린에 피해를 입은 타워 드래곤이 미친 듯이 울부짖기 시작했다.

울음소리다 보니 이건 피할 도리가 없었고 그 여파는 금방 드러났다.

드래곤 피어는 일반 몬스터들이 뿜는 피어와는 레벨 자체가 다른 것이었으니까.

[공포 상태에 빠집니다.]

[몸이 경직됩니다.]

[환청 상태에 빠집니다.]

[소리가 들리지 않습니다.]

쏟아지는 상태이상 디버프 효과들.

시야가 뿌옇게 흐려지고 이명이 들리기 시작하자 수호가 얼른 손을 들어 외쳤다.

"입장!"

[아공간 하우스에 입장합니다.]

슈아아!

시스템 알림과 함께 수호의 왼손이 번쩍이더니 이내 수호의 모습이 온데간데없이 사라졌다.

이윽고 홀로 남은 타워 드래곤은 미친 듯이 폭주하기 시작했다.

아공간 하우스에 입장한 수호는 중첩된 상태이상 효과에 괴로워했다.

과연 드래곤 피어.

보통의 피어 따위와는 비교도 안 될 만큼 그 피해가 막심했다.

하지만 수호는 입술을 잘근 씹으며 동대문에서 미리 사온 '정화 포션'을 꺼내 섭취했다.

[정화 포션을 섭취하셨습니다.]

[정화 효과가 발동됩니다.]

[공포 상태가 해제됩니다.]

[환청 상태가 해제됩니다.]

정화 포션을 섭취하자 그제서야 온갖 디버프 효과가 사라졌다.

드래곤 피어로부터 벗어난 수호는 그제서야 바닥에 드러누워 편히 숨을 쉴 수 있었다.

'죽는 줄 알았네, 진짜.'

드래곤 피어는 장평호가 타워 드래곤을 잡지 못한 이유 중에 하나였다.

그도 그럴 게 타워 드래곤은 장평호도 처음 한 번밖에 보지 못했으니까.

하지만 수호는 장평호의 경험을 통해 타워 드래곤의 데이터를 가지고 있다.

그래서 정화 포션을 미리 준비해 온 것이다.

가지고 있는 큐어 스킬은 별로 도움이 못 됐다.

다른 것도 아니고 드래곤 피어 정도의 상급 디버프 스킬은 최소 A레벨은 돼야지 해주 효과를 기대할 수 있었으니까.

'덕분에 돈이 엄청 깨졌지만.'

미리 장학금을 받아서 참 다행이라고 생각했다.

그게 아니었다면 현재로써 값비싼 정화 포션은 구경도 못 해 봤을 테니.

'그나저나 드래곤 피어는 한 번 들었다고 해서 내성이 생기는 것도 아닌데…… 쯧, 어쩔 수 없나.'

보통의 피어는 한 번 겪고 나면 같은 효과가 생기지 않는다.

하지만 드래곤 피어는 달랐다.

모든 피어들 중 최상위권에 속하는 드래곤 피어의 내성이 생기려면 관련된 방어 아이템이나 스킬이 있어야만 했으니까.

말인즉, 현재로썬 녀석이 피어를 터뜨릴 때마다 이렇게 아공간 하우스로 피신해 정화 포션을 마셔야 한다는 것.

그래서 넉넉하게 사 오긴 했다.

정화 포션을 마시다 배가 터져 죽어도 될 만큼.

'확실히 이런 패턴이면 장평호가 못 잡을 만도 했네.'

장평호는 도전의 탑에 오르기 위해 중독 스킬을 준비했다.

어떻게든 상대를 중독시킨 후 아공간 하우스에서 기다리면 몬스터들이 약해져 있었으니까.

하지만 타워 드래곤은 그게 씨알도 먹히지 않았다.

게다가 드래곤 피어나 땅발톱 같은 강력한 공격들 때문에 접근도 쉽지 않았다.

그래서 끝끝내 타워 드래곤을 잡지 못한 것이다.

'하지만 나는 오늘 반드시 타워 드래곤을 잡고 도전의 탑을 단독 공략한다.'

준비는 이미 완벽하게 해 왔다.

웬만큼 치료를 마친 수호는 자신의 상태창을 다시 한 번 더 확인했다.

[안수호]

- Lv : 39
- 클래스 : 치유사
- 근력 : 95
- 체력 : 95

- 마력 : 96
- 감각 : 39
- 보너스 스탯 : 0

96의 마력 스탯.

아직 목표로 하던 수치에는 조금 모자랐지만, 혹시 몰라 준비해 온 것이 있었다.

수호는 동대문에서 구매한 것들을 차례대로 꺼냈다.

그것은 스킬북 하나와 잡템 몇 개였는데 수호는 우선 스킬북부터 사용했다.

[최하급 조합식을 익히셨습니다.]

플레이어가 스킬을 익힐 수 있는 방법에는 여러 가지가 있지만 그중 가장 흔하고 대표적인 게 바로 스킬북을 통한 습득이었다.

물론 스킬북의 형태는 좀 전에 익힌 것처럼 책의 형태를 띠는 것이 보통이지만 희귀한 스킬일수록 좀 더 다양한 오브젝트의 형태를 띤다.

그런 의미에서 좀 전에 익힌 최하급 조합식은 어디서나 구할 수 있는 하급 중의 하급 스킬.

하지만 별로 상관없다.

조합식에 붙은 등급은 조합 성공률 자체를 높여 주는 게 아니라 조합할 재료들 사이에 숨겨진 비밀 공식들을 얼마나 더 잘 발견하냐에 따라 갈리는 것이니까.

'절대적인 공식을 가진 조합식들은 아무리 최하급 조합식이라 할지라도 반드시 조합이 성공될 수밖에 없지.'

조합식을 익힌 수호가 즉각 스킬을 발동시켰다.

그러자 눈앞에 조합식 특유의 조합 항아리가 나타났고 그 안에 스킬북과 함께 꺼낸 잡템을들 집어넣기 시작했다.

[조합 항아리에 무명 도둑의 양말을 담으셨습니다.]

[조합 항아리에 무명 악사의 악기를 담으셨습니다.]

[조합 항아리에 무명 청소부의 빗자루를 담으셨습니다.]

집어넣은 재료는 총 세 가지.

이것들은 게이트에서 줍거나 보상으로 얻었지만, 도무지 쓸모를 알 수 없는 그런 아이템들.

세상에는 이런 아이템들이 생각보다 꽤 있다.

그래서 잡템으로 분류된 것.

그렇기에 이런 것들은 조금만 노력을 기울이면 마켓에서 금방 찾을 수 있는 것들이었지만 세상은 아직 이것들의 진짜 가치를 몰랐다.

미치광이 분쇄학자…… 소위, '미분자'라 불리는 놈이 그 아이템을 갈아 버리기 전까진 말이다.

'뭐, 덕분에 내가 이렇게 덕을 보게 됐지만 말이야.'

재료 아이템을 담은 수호가 조합식을 돌리기 시작했다.

[조합을 시작합니다.]

[조합 중…….]

[오잉? 항아리의 상태가?!]

그때였다.

별안간 시스템이 의미심장한 메시지를 던지더니 이내 항아리에서 금빛을 쏟아 내기 시작한 건.

[축하드립니다! 최하급 조합식에서 매우 보기 힘든 보물이 탄생하였습니다!]

[최초의 무무무(S+)를 획득하셨습니다.]

[위대한 업적을 달성하여 시스템이 당신에게 보너스 스탯을 10개 선물합니다.]

'역시.'

알림을 본 수호는 웃었다.

그런 다음 아이템 정보를 확인했다.

[최초의 무무무]

- 등급 : S+

기척이 없고, 관심이 없으며, 흔적도 없다.

본의 아니게 조용한 인생을 살았던 이들의 물건이 한데 모여 새로운 보물이 되었다.

조합식을 통해 최초로 발견된 아이템이라 등급이 한 단

계 격상했다.

착용 시 '무채색 고독(S)'이 상시 적용된다.

아이템을 구분하는 방법은 많지만 누군가는 아이템을 두 가지 종류로 규정한다.

바로 '최초'인 것과 '최초가 아닌 것'으로 말이다.

그런 의미에서 이름 앞에 최초가 붙은 것들은 말 그대로 세상에 처음 모습을 드러낸 아이템들로 대부분이 S급에 해당했다.

그도 그럴 게 최초로 등장했다는 건 여러모로 특별하기 그지없었으니까.

또 등급 옆에 붙은 플러스는 어떤가?

등급 옆에 플러스가 붙었다는 건 착용자의 영향을 받는 성장형 아이템이거나 세트 효과가 있다는 말인데 최초의 무무무의 경우엔 전자에 해당했다.

말인즉, 수호가 성장할수록 아이템이 가진 스킬 효과도 점점 더 높아진다는 말.

물론 전생에 수호가 가졌던 무무무의 경우엔 S급도 S+급도 아닌 A급이었다.

그도 그럴 게 전생에 존재하던 최초의 무무무는 '미분자'라 불리는 미친 해체광이가 조합식을 알아내기 위해 스킬로 갈아 버렸으니까.

'덕분에 보급형 무무무의 조합식이 알려진 거지만.'

그렇기에 이번엔 수호가 최초의 무무무를 손에 넣을 수 있었던 것이다.

최초의 무무무가 게이트에서 드랍되려면 아직 먼 미래의 일이었으니까.

물론 지금 당장은 수호에게 최초의 무무무는 필요 없는 아이템이었다.

애초에 무무무가 보급된 건 일반인들의 시선을 피해 은밀하게 움직일 수 있게 해 주는 '고독'의 효과 때문이었으니까.

하지만 그럼에도 수호가 지금 최초의 무무무를 조합한 건 딱 한 번, 조합식을 통해서만 얻을 수 있는 보너스 스탯 때문이었다.

수호가 최초의 무무무를 손가락에 차며 웃었다.

'겨우 보너스 스탯 때문에 S+급 아이템을 조합하게 되다니.'

새삼 회귀자가 가진 특권이 얼마나 말도 안 되는 건지 실감이 됐다.

왼손 중지에 착용된 반지는 착용과 동시에 딱 맞게 줄어들었고, 이윽고 완전히 사라져 손에도 잡히지 않게 되었다.

수호는 이어서 다시 한번 상태창을 켰다.

[안수호]

- Lv : 39
- 클래스 : 치유사
- 근력 : 95
- 체력 : 95
- 마력 : 96
- 감각 : 39
- 보너스 스탯 : 10

확보된 10개의 보너스 스탯.

수호는 그중 4개를 마력에 투자했다.

[마력 스탯이 100이 되었습니다.]

[마력 스탯이 한층 더 성장합니다.]

[축하드립니다! 마력 스탯의 레벨이 올라 레드 등급이 되었습니다!]

보너스 스탯 4개를 배분하여 마력 스탯을 100으로 만든 순간이었다.

100이었던 마력 스탯의 수치가 1이 되더니 별안간 글씨가 붉게 물들며 스탯 옆에 붉은 띠가 둘러졌다.

동시에 레드 등급을 상징하는 'R'이라는 알파벳이 붙었다.

알림을 본 수호는 어이가 없음에 피식 웃었다.

이건 정말 말도 안 되는 성장력이었으니까.

'내가 처음으로 레드 스탯을 얻었던 게 50레벨이 좀 안 됐을 때였으니 확실히 빠르긴 하네.'

모든 스탯은 그 수치가 100이 될 때마다 레벨이 하나씩 오르며 그것을 구분 짓기 위해 새로운 색깔이 부여된다.

플레이어들은 이러한 현상을 컬러 시스템이라고 불렀으며 인류가 도달했던 최고 레벨은 700대에 해당하는 퍼플이었다.

그리고 최초로 퍼플 등급을 달성한 건 다름 아닌 수호.

물론 모든 스탯이 퍼플 레벨이었던 건 아니었다.

수호가 죽어라 올렸던 스탯은 다름 아닌 근력이었으니까.

그래서인지 이번 생은 무척이나 기대가 됐다.

이제 겨우 39레벨인데도 레드 스탯을 확보한 걸 보면 어쩌면 이번엔 퍼플 등급을 넘어 그 이상의 경지도 노려볼 수 있을 거란 생각이 들었으니까.

수호는 이어서 남은 스탯 중 5개를 근력에 투자하여 근력 스탯 또한 레드 등급으로 만들었고 그럼에도 남는 건 체력에 투자하였다.

투자를 마친 수호가 다시금 상태창을 갱신시켜 확인했다.

[안수호]

- Lv : 39
- 클래스 : 치유사
- 근력(R) : 1
- 체력 : 96
- 마력(R) : 1
- 감각 : 39
- 보너스 스탯 : 0

이제 모든 준비가 끝났다.

수호는 그제서야 인벤토리에서 타워 드래곤을 잡을 핵심 아이템을 꺼냈다.

그것은 도영철물에서 구매한 낡은 창이었다.

'이것을 깨우려면 마력 스탯이 최소 100은 되어야 한다.'

그리고 이제 그 조건이 갖추어졌으니 창을 깨울 차례.

수호는 낡은 창에 마력을 주입하기 시작했다.

[???에 마력이 공급되고 있습니다.]

[???의 의식이 되살아나기 시작합니다.]

창이 진동한다.

동시에 수호의 마력을 미친 듯이 빨아들이기 시작했다.

엄청난 흡수량.

허나 이번엔 버틸 만했다.

처음 마력을 주입했을 때와는 달리 현재 수호의 마력 스탯은 레드 레벨이었으니까.

수호는 정신을 집중하여 창에 마력을 팍팍 주입하였고 마침내 마력 흡수의 속도가 거의 멈추다시피 더뎌졌을 때였다.

파앗!

검고 낡은 창으로부터 일순 빛이 뿜어지더니 이내 흑색의 매끈한 표면을 가진 새로운 창이 모습을 드러냈다.

[마력 공급이 충분히 이루어졌습니다.]

[귀영창의 의식이 깨어납니다.]

[축하드립니다. 귀영창의 의식을 일부 깨우시는데 성공하였습니다.]

[아이템 정보가 변동됩니다.]

[귀영창(A+)을 획득하셨습니다.]

알림을 본 수호가 웃었다.

귀영창(歸影槍).

돌아오는 그림자 창이란 뜻으로 한때 그림자 군주, '영왕'이라 불렸던 플레이어가 가지고 있던 보물 중에 하나를 드디어 손에 넣을 수 있었기 때문이다.

시스템 알림을 본 수호가 웃었다.

'영왕의 보물들 중 하나를 이렇게 손에 넣게 되는군.'

그림자 군주가 두각을 드러내기 시작한 건 지금으로부

터 몇 년 뒤.

심지어 그는 각성도 늦게 한 늦깎이 플레이어로 현재 시점에선 비각성자인 일반인이었다.

하지만 그런 늦깎이 플레이어가 본격적으로 강해지는 시점이 있었으니 바로 이 귀영창을 손에 넣은 직후부터였다.

'장평호에게 아공간 하우스가 있다면 영왕에겐 귀영창이 있었지.'

허나 이번 세상에 그림자 군주가 나타나는 일은 없을 것이다.

그의 알파이자 오메가인 귀영창이 수호의 손에 들어왔으니까.

'범죄자의 손에 들어가는 것보단 내가 갖고 있는 게 훨씬 나아.'

말 그대로였다.

영왕은 훗날 장평호 만큼이나 세계적으로 악명을 떨치는 대형 범죄자가 된다.

그럴 바엔 차라리 자신이 영왕의 모든 것을 손에 넣기로 했다.

수호가 귀영창의 정보를 확인했다.

[귀영창]

- 등급 : A+

그림자 군주의 보물들 중 하나.

그림자 신수의 뼈로 만들어졌다 알려져 있다.

최초로 자신의 의식을 깨운 자를 주인으로 인식하며 소유자의 그림자에서 언제든지 뽑아 쓸 수 있는 '귀영(A)'의 사용이 가능하다.

파손된 귀영창은 그림자와 마력만 있다면 '그림자 재생(A)'의 효과로 언제든 수리가 되어 재소환이 가능하다.

영왕의 별명이 그림자 군주가 된 것에는 타고난 능력도 있지만 아이템 설명에 떡하니 그림자 군주라는 이름이 있기 때문도 컸다.

말인즉 시스템이 제공하는 어딘가…… 예컨대 이계의 파편이라 일컫는 게이트 속 어딘가에는 진짜 그림자 군주가 있을 수도 있다는 말.

하지만 그만큼 대단한 물건임에도 귀영창의 등급이 고작 A등급밖에 안 되는 건 귀영창이 세트 아이템이어서였다.

'그래서 플러스 표시가 붙은 거지.'

플러스 등급은 성장형 아이템이거나 세트형 아이템에게만 붙는 표시였으니까.

그런 의미에서 그림자 군주의 보물들은 모이면 모일수록 그 시너지가 증가하여 최종적으로 S+ 등급이 된다.

수호는 반드시 그림자 군주의 보물을 모두 손에 넣겠다고 다짐했다.

그렇게 되면 이전과는 비교도 할 수 없을 만큼 다양한 양상의 전투가 가능해질 테니까.

수호는 귀영창의 귀영 능력을 확인해 보기 위해 창을 멀리 던진 후 자신의 그림자 쪽으로 손을 뻗어 보았다.

그러자 수호의 그림자로부터 멀리 날아간 창이 쑤욱 뽑혀 나오더니 저절로 수호의 손에 들어와 착 감겼다.

'좋네.'

이로써 회수하지 않아도 되는 투창용 창이 하나가 생긴 셈.

준비를 마친 수호가 아공간 하우스의 출구를 열었다.

그러자 출구 포탈 너머로 들어왔던 곳이 보였는데 마침 시야 각도가 들어맞아 타워 드래곤을 볼 수 있었다.

타워 드래곤은 한동안 미친 듯이 날뛰더니 이내 적이 사라졌다는 걸 알고 돌탑에 붙어 잠을 청하고 있었다.

드래곤들에게 잠만큼 최고의 회복 수단은 없었으니까.

그래서일까?

시야에 타워 드래곤이 보이자 조금 아쉬운 마음이 들었다.

'여기서 녀석을 공격할 수 있다면 제일 좋을 텐데.'

하지만 아쉽게도 아공간 하우스 안에선 외부로의 공격이 불가능했다.

말인즉, 타워 드래곤을 상대하려면 반드시 아공간 하우스를 나가야 한다는 말.

수호가 아쉬움을 뒤로한 채 다시금 손에 귀영창을 쥐었다.

그리고 한번 심호흡 한 뒤 재빠르게 출구 밖으로 나가 돌탑을 밟고 뛰어오르기 시작했다.

[도약이 발동됩니다.]

녀석이 잠에서 깨기 전에 먼저 역린을 공격해야 했다.

수호는 돌탑 곳곳을 밟아 하늘 높이 도약했다.

그런 다음 녀석의 역린을 발견하자마자 귀영창을 던졌다.

그리고.

[투창에 대한 이해도가 매우 높습니다.]

[시스템이 당신의 재능에 대한 심사를 시작합니다.]

[축하드립니다! 투창(B)을 터득하셨습니다.]

수호는 투척에 이어 투창을 익힐 수 있었다.

덕분에 가속도와 관통력, 그리고 명중률이 증가하여 철창은 보란 듯이 녀석의 역린에 명중했고.

콰직!

마침내 녀석의 역린 비늘의 일부를 파괴할 수 있었다.

수호가 외쳤다.

"입장!"

[아공간 하우스에 입장합니다.]

“크허어어어엉!!”

[역린을 공격당한 타워 드래곤이 광폭해집니다.]

[타워 드래곤이 드래곤 피어를 사용합니다.]

드래곤 피어와 아공간 하우스로의 입장은 거의 동시에 이루어졌다.

하지만 다행스럽게도 수호가 더 빨랐는지 몸이 좀 저릿저릿할 뿐 상태이상 효과는 일어나지 않았다.

그래서일까?

수호가 한쪽 입꼬리를 올렸다.

‘됐다.’

히트앤런.

지루하고 비효율적이기 그지없는 전술이었지만 현재 수호에겐 이것만큼 효율적인 방법도 없었다.

수호는 하우스 출구를 열어 녀석을 관찰했다.

다행히 녀석의 폭주는 오래가지 않았고 파괴당한 비늘도 완전히 수복되지 않음을 알 수 있었다.

‘하지만 시간이 많이 지나면 역린 비늘은 반드시 수복될 터. 그러니 최대한 빠르게 치고 빠진다!’

타워 드래곤이 잠잠해지자마자 수호가 다시 아공간 하우스 밖으로 나간다.

✱

그렇게 시간이 얼마나 지났을까?

[타워 드래곤의 기력이 쇠락합니다.]

[역린을 공격 당한 타워 드래곤의 힘이 10% 이하로 떨어집니다.]

꽤 오랜 시간이 지났다.

하지만 그사이 수호는 녀석의 역린 비늘을 완전히 제거할 수 있었고 그 결과, 녀석의 힘을 10% 이하로 낮추는데 성공할 수 있었다.

하지만 문제가 생겼다.

역린 비늘이 완전히 제거되자마자 타워 드래곤이 더 이상 잠을 자지 않는다는 것.

'경계 태세에 들어간 거겠지.'

녀석은 바보가 아니다.

온라인 게임의 몬스터들처럼 프로그래밍 된 존재는 더더욱 아니었고.

물론 몬스터들은 시스템의 통제를 받긴 했지만, 게임 속 몬스터와는 확연한 차이가 있다는 연구 결과가 나왔다.

그래서 저렇게 경계를 하는 것.

수호가 묵은 숨을 토하며 생각했다.

'이젠 정면 승부 말곤 답이 없겠군.'

최고의 전략이었던 히트앤런도 더 이상 써먹을 수 없다.

그렇다면 이제 남은 건 정면 승부뿐.

다른 방법은 없다.

상처 하나 없이 녀석을 잡을 방법이 있다면 진작에 써먹었을 테니.

그렇기에 수호는 충분한 휴식을 취한 후 각이 보이자마자 잽싸게 튀어나와 다시 한번 귀영창을 던졌다.

[투창이 발동됩니다.]

이젠 눈 감고 던져도 맞힐 수 있을 정도가 됐다.

그 증거로.

[투창에 대한 이해도가 매우 높습니다.]

[시스템이 당신이 가진 재능을 재심사하기 시작합니다.]

[축하드립니다! 투창 스킬의 등급이 조정되어 A등급이 되었습니다.]

[투창의 관통력과, 명중률이 50% 상승합니다.]

그 짧은 시간 동안 수호의 투창 등급은 A레벨로 격상했으니까.

콰직!

섬뜩한 파열음.

던진 창이 녀석의 역린에 또 한 번 적중했다.

[역린을 공격당한 타워 드래곤이 광폭해집니다.]

[타워 드래곤이 드래곤 피어를 사용합니다.]

"크허어엉!!"

패턴은 변하지 않았다.

역린을 공격당한 타워 드래곤은 또 한 번 드래곤 피어를 사용했다.

[공포 상태에 빠집니다.]

[몸이 경직됩니다.]

[환청 상태에 빠집니다.]

[소리가 들리지 않습니다.]

젠장.

역시 내성은 생기지 않는 건가?

드래곤 피어가 터짐과 동시에 수호에게 각종 디버프 효과가 발생했다.

수호는 몸이 굳어 돌탑 아래로 추락하기 직전 겨우 정화 포션을 꺼내서 마실 수 있었다.

[정화 포션을 섭취하셨습니다.]

[정화 효과가 발동됩니다.]

[공포 상태가 해제됩니다.]

[환청 상태가 해제됩니다.]

정화 포션을 마심에 따라 디버프 상태가 해제된다.

수호는 귀영창을 소환해 적당한 높이에 올려 던져 맞혔다.

그런 다음 도약을 사용해 그곳까지 점프한 뒤 올려 맞힌 창을 발판 삼아 한 번 더 도약했다.

그러자.

[도약에 대한 이해도가 매우 높습니다.]

[시스템이 당신이 가진 재능을 재심사하기 시작합니다.]

[축하드립니다! 도약 스킬의 등급이 조정되어 A등급이 되었습니다.]

[점프력과 소모되는 체력의 효율이 50% 상승합니다.]

도약도 한 단계 격상했다.

덕분에 한결 몸이 가벼워진 수호는 녀석과 눈높이를 맞출 수 있었다.

“크허어어엉!!”

자신의 눈높이까지 수호가 올라오자 면전에 대고 피어를 터뜨린다.

다행히 드래곤 피어는 아니라 고막만 따가울 뿐 버틸 만했다.

거리를 좁힌 수호가 다시 한번 귀영창을 소환해 녀석의 눈을 향해 던졌다.

[투창이 발동됩니다.]

콰직!

오만해서 그런 걸까?

놀랍게도 녀석은 눈에다가 창을 던졌음에도 불구하고 회피는커녕 오히려 당당하게 맞섰다.

그게 화근이었다.

한낱 창쯤은 가볍게 튕겨낼 거라 생각했지만 귀영창은 녀석의 눈에 보란 듯이 박혀 들었다.

"크아아아아아!!"

[타워 드래곤이 드래곤 피어를 사용합니다.]

[공포 상태에 빠집니다.]

[몸이 경직됩니다.]

[환청 상태에 빠집니다.]

[소리가 들리지 않습니다.]

이어지는 드래곤 피어.

수호는 아랫입술을 꽉 깨물며 정화 포션을 마셨다.

그런 다음 돌탑을 발판 삼아 한 번 더 뛰어 녀석의 몸뚱이에 올라탔다.

버둥거리는 타워 드래곤.

녀석의 시선이 공격당한 안구에 집중되어 있는 지금이 기회였다.

수호가 인벤토리에서 새 철검을 꺼낸 후 역린을 향해 달리기 시작했다.

저 멀리 비늘이 떨어져 드러난 말캉한 살점이 보인다.

수호의 눈에는 그것밖에 보이지 않았다.

그리고 마침내 녀석의 역린에 도달했을 때, 수호는 검을 역수로 쥐고 말뚝을 박아넣듯 살점에 검을 쑤셔 넣었다.

"크아아아아아!!"

역린에 칼날을 쑤셔 넣자 녀석의 몸이 진동하더니 이윽고 무자비하게 움직이기 시작했다.

고통에 몸부림치는 것이다.

수호는 박아 넣은 칼날을 살점에 쑤셔 넣은 채로 반 바퀴 돌렸다.

그러자 살점 안에 칼날이 단단히 고정되었고, 수호는 칼 손잡이를 꽉 붙잡아 필사적으로 매달리기 시작했다.

"크워어어어!!"

또 한 번의 피어.

그 순간 수호의 귓가에 펑! 하는 소리가 들리더니 삐 - 거리는 이명이 들리기 시작했다.

기어코 고막이 나간 것이다.

'제기랄!'

삐- 소리 외엔 아무런 소리도 들리지 않는다.

허나 어쩔 수 없다.

수호는 악착같이 검에 매달렸다.

이게 생명줄이라 생각하고 절대로 떨어지지 않으려 애썼다.

그나마 다행이라면 이번에 터진 피어는 드래곤 피어가 아닌 일반 피어라는 것.

타워 드래곤은 그런 수호를 떼어 내기 위해 미친 듯이 몸을 뒤흔들었다.

때로는 벽에도 부딪혔고 바닥을 구르기도 했지만 수호는 남은 한 손으로 치유의 빛을 써 가며 어떻게든 버텼다.

대단한 집념이었다.

그 순간.

[매달리고자 하는 당신의 집착이 대단합니다.]

[시스템이 당신의 재능에 대한 심사를 시작합니다.]

[축하드립니다! 매달리기(B)를 터득하셨습니다.]

수호의 집념에 감탄한 시스템이 수호에게 매달리기 스킬을 안겨 주었다.

덕분에 수호는 좀 더 수월하게 검에 붙어 있을 수 있었다.

그렇게 한참의 실랑이가 더 이어지던 끝에 드디어 타워 드래곤의 움직임이 멈췄다.

"끄어어어어……!"

꺼져 가는 목소리.

그리고 마침내 명을 다한 타워 드래곤이 아래로 추락하기 시작했다.

Chapter 5

쿠웅!!

바닥으로 추락하는 타워 드래곤.

허나 거기에 수호는 없었다.

타워 드래곤이 떨어지기 직전 녀석을 밟고 뛰어오른 수호는 가까스로 돌탑에 매달려 추락에 휘말리지 않을 수 있었다.

그때였다.

[타워 드래곤을 처치하셨습니다.]

[49층을 클리어하셨습니다.]

[도전의 탑 최고 기록을 달성하셨습니다.]

[당신은 최초로 도전의 탑을 공략하는데 성공하셨습니다!]

[위대한 업적을 달성하여 시스템이 당신에게 보너스 스

탯을 10개 선물합니다.]

[시스템이 당신의 위대한 도전에 대한 평가를 시작합니다.]

추락한 타워 드래곤이 결국 숨을 거두고 말았다.

그와 동시에 무수한 시스템 알림이 떠오르며 시야를 어지럽혔다.

마침내 녀석을 죽이는데 성공한 것이다.

'드디어!'

쏟아지는 알림들을 보자 긴장이 풀린다.

그러나 수호는 끝까지 긴장을 늦추지 않은 채 겨우 돌탑을 내려와 그제서야 바닥에 누워 숨을 고를 수 있었다.

그런데 자꾸만 입꼬리가 올라간다.

당연했다.

전생과 현생을 통틀어 그 누구도 잡지 못했던 타워 드래곤을 사냥하는데 성공했으니까.

그때였다.

[레벨이 올랐습니다.]

[모든 스탯이 1 올랐습니다.]

[보너스 스탯을 1개 획득하셨습니다.]

[40레벨을 달성하셨습니다.]

[시스템은 당신이 더욱더 강해지길 원합니다.]

[시스템이 당신에게 더 높은 힘을 선물합니다.]

[보너스 스탯을 5개 획득하셨습니다.]

[치유사 클래스 전용 스킬들의 레벨이 모두 한 단계씩 상승합니다.]

[치유령(B)을 터득하셨습니다.]

레벨이 올랐다.

고작 한 마리밖에 안 되는 녀석이었지만 최종 보스답게 가진 경험치가 두둑했고 그 덕에 레벨을 올릴 수 있었던 것.

덕분에 수호는 40레벨을 달성할 수 있었고 40레벨을 달성함에 따라 수호는 또 한 번의 시스템 특전을 받았다.

이번에 얻은 직업 스킬은 '치유령'.

수호가 치유령의 정보를 확인했다.

[치유령]

- 등급 : B

체력을 회복시킬 수 있는 영역을 전개한다.

치유령 안에 속한 존재는 체력이 천천히 회복되며 영역 안에만 포함되어 있다면 인원은 제한되지 않는다.

치유령을 전개하기 위해선 토템으로 사용할 무기가 하나 이상 필요하다.

치유령.

수호가 획득한 첫 범위형 회복 스킬이었다.

수호는 한때 전장 전체를 치유하던 이사벨라의 엄청난 범위의 치유령을 떠올렸다.

'이것도 반드시 최종 형태로 진화시켜야겠군.'

수호가 스킬 확인을 마친 직후였다.

[시스템이 당신의 도전에 대한 평가를 마쳤습니다.]

[시스템은 당신의 위대한 도전을 높이 평가하여 그 수준에 걸맞은 보상을 지급하기로 결정했습니다.]

[용혈(S+)을 터득하셨습니다.]

평가가 끝났다.

그런데 그 대가로 지급된 건 전혀 생각지도 못한 것이었다.

시스템 알림을 본 수호가 너무 놀란 나머지 벌떡 몸을 일으켰다.

'용혈? 내가 아는 그 용혈? 그게 여기서 나왔다고?'

수호는 자신의 눈을 의심하지 않을 수가 없었다.

그도 그럴 게 용혈은 과거, '용마'라고 불리었던 어느 괴물 같은 플레이어의 상징과도 같은 스킬이었으니까.

'하지만 용마 녀석은 용혈을 도전의 탑이 아닌 다른 게이트에서 얻었다고 했는데?'

드래곤 산맥.

너무 인상 깊게 들었던 터라 용마 녀석이 말해 준 게이트의 이름도 똑똑히 기억하고 있었다.

그렇단 말은 둘 중에 하나일 터.

용마 녀석이 거짓말을 했거나, 아님 도전의 탑에서도 용혈을 얻을 수 있었던 것이거나.

허나 뭐가 됐든 상관없다.

중요한 건 용마의 상징이자 근본과도 같은 스킬인 용혈이 내게도 주어졌다는 것이니까.

수호는 즉시 용혈의 정보를 확인했다.

[용혈]

- 등급 : S+

위대한 용의 핏줄.

용혈을 가진 자는 드래곤으로 태어나지 않았어도 노력 여하에 따라 드래곤이 가진 힘을 누릴 수 있게 된다.

Lv.1 - 드래곤 블러드 : 위압(S), 용의 정신(S).

Lv.2 - [???] : 잠금 상태.

ㄴ 해금 조건

① 50레벨 달성.

② 알 수 없음.

Lv.3 - [???] : 잠금 상태.

ㄴ 해금 조건 알 수 없음.

Lv.4……

역시.

용혈은 수호가 보아 온 성장형 스킬인 그 용혈이 맞았다.

게다가 현재 수호는 용혈의 각성 효과들 중 1단계의 잠금이 해제되어 있는 상태.

덕분에 A랭크였던 위압 스킬이 자연스럽게 S랭크로 격상될 수 있었다.

'이런 식으로 용혈을 손에 넣게 될 줄이야.'

수호는 피어나는 웃음을 감추지 않고 환하게 웃었다.

그도 그럴 게 이번에 얻은 용혈 스킬 하나로 이번 생은 전생과는 비교도 되지 않을 만큼 강해질 수 있다는 확신이 생겼으니까.

그때, 탑의 주인이었던 타워 드래곤의 시체가 스러 사라지기 시작했다.

당연한 수순이었다.

레드 게인처럼 특별한 몬스터를 제외하면 탑의 몬스터는 게이트 속 몬스터와는 달리 금방 스러 사라지는 게 철칙이었으니까.

그런데 그때였다.

[귀영창이 타워 드래곤의 그림자에 반응합니다.]

[귀영창이 타워 드래곤의 그림자를 흡수합니다.]

[귀영창이 강화됩니다.]

'시작됐군.'

수호가 눈을 좁혔다.

그도 그럴 게 귀영창에는 특별한 기능이 있었으니까.

[귀영창이 타워 드래곤의 그림자를 완전히 흡수하였습니다.]

[마력 공급이 충분히 이루어졌습니다.]

[귀영창의 의식이 깨어납니다.]

[축하드립니다. 귀영창의 의식을 일부 깨우시는데 성공하였습니다.]

[아이템 정보가 변동됩니다.]

[귀영창(S+)을 획득하셨습니다.]

알림이 모두 떠올랐을 때 수호는 그제서야 흡족한 미소를 지었다.

정보에는 안 나와 있지만 귀영창에는 특별한 옵션이 하나 숨겨져 있다.

그것은 바로, '그림자 포식'.

귀영창은 플러스 등급으로 기본적으로 소유자의 영향을 받는 아이템이지만 간혹 스스로 성장을 거듭하여 능력을 진화하거나 숨겨진 능력을 해방하는 경우도 있기 때문.

그리고 세상은 그런 무기를 더러 성장형 무기라고 불렀다.

수호는 격상된 귀영창의 정보를 확인했다.

[귀영창]

– 등급 : S+

2단계 의식이 깨어난 귀영창.

최초로 자신의 의식을 깨운 자를 주인으로 인식하며 소유자의 그림자에서 언제든지 뽑아 쓸 수 있는 '귀영(S)'의 사용이 가능하다.

파손된 귀영창은 그림자와 마력만 있다면 '그림자 재생(S)'의 효과로 언제든 수리가 되어 재소환이 가능하다.

대상의 그림자를 물어뜯어 대상의 움직임을 고정시키는 '그림자 주박(S)'의 사용이 가능하다.

대상의 그림자에 그림자 송곳니가 꽂혀 있는 동안 대상은 '그림자 출혈(S)' 효과에 의해 매 초마다 출혈 피해를 입는다.

2개.

심지어 A급이었던 추가 옵션이 S급으로 격상된 것도 모자라 S급 스킬 2개가 더 추가 되어 총 4개가 되었다.

수호가 조용히 입꼬리를 올렸다.

'역시 성장형 무기야. 보통의 무기와는 급이 달라.'

다만 조금 아쉬운 점이 있다면 이것이 검이 아닌 창이라는 것.

물론 검 쪽으로도 이미 생각해 둔 녀석이 있긴 했다.

이윽고 타워 드래곤의 시체가 완전히 스러 사라졌다.

그런데 타워 드래곤이 사라진 자리에 무엇인가가 남았다.

가까이 다가가서 보자 그것은 사람 주먹만 한 크기의 이빨이었는데 그것을 본 수호의 눈이 휘둥그레 커졌다.

'설마?'

이빨.

심지어 뾰족하다.

수호는 아니겠지 하며 얼른 그것의 정보를 확인했다.

[용의 송곳니]

– 등급 : S

위대한 용의 송곳니.

용의 송곳니에 찔린 자는 '회복 불가(S)'의 저주에 걸린다.

아이템 정보를 확인한 수호는 온몸에 소름이 돋았다.

그도 그럴 게 설마 아니겠지라고 생각하며 확인했는데 그 설마가 맞았기 때문이다.

'용의 이빨을 여기서 손에 넣게 되다니……!'

용의 부산물은 그 존재 자체만으로도 S급 재료가 된다.

하지만 채집하기가 몹시 어렵고 단순히 '용종'으로 분류된 몬스터가 아닌 '순혈' 특성을 가진 드래곤의 부산물만이 그만한 가치를 갖기에 구하긴커녕 구경하는 것조차 몹시 어려웠다.

그도 그럴 게 세계 제일의 검사였던 수호조차도 살면서 드래곤은 딱 2마리밖에 보지 못했으니까.

수호의 눈이 반짝 빛났다.

'그걸 만들 때 쓰면 되겠군.'

생각지도 못한 좋은 재료가 들어왔다.

그렇다면 당연히 최고의 아이템을 만들 때 사용해야 하는 법.

그렇기에 이것의 쓰임새는 이미 정해졌다.

'그 녀석이 좋아하겠어.'

물론 누가 손을 댈지도 말이다.

이윽고 드디어 모든 정리가 끝났다.

겹경사가 터져서 그런지 더 이상 몸도 아프게 느껴지지 않았다.

수호는 눈앞에 떠오른 출구 포탈을 향해 발걸음을 옮겼다.

[타워 드래곤이 처치되었습니다.]

[49층이 공략되었습니다.]

[도전의 탑이 공략되었습니다.]

[공략자는 안수호 플레이어.]

[도전의 탑이 공략됨에 따라 모든 플레이어들을 강제로 방출합니다.]

도전의 탑이 공략됐다.

덕분에 안 그래도 수호 때문에 시끄러운 세상이 한 번 더 대폭발 하는 기현상이 일어났다.

- ㅅㅂ 설마설마했는데 진짜 공략?

- 도전의 탑이 공략이 되는 거였다니!

- 아니 근데 오늘 헌터 합격한 사람이라며?

- 안수호 그는 신이야. 안수호 그는 신이야. 안수호 그는 신이야. 안수호 그는 신이야. 안수호 그는 신이야. 안수호 그는 신이야. 안수호 그는 신이야.……

- 엄마! 저는 커서 안수호가 될래요! 엄마! 저는 커서 안수호가 될래요! 엄마! 저는 커서 안수호가 될래요! 엄마! 저는 커서 안수호가 될래요! 엄마! 저는 커서 안수호가 될래요!……

오프라인은 물론 온라인도 난리가 났다.

그뿐이랴?

도전의 탑 입구에는 각종 언론사를 비롯한 유튜버와 일반인들까지 수호를 보겠다고 몰려들었고, 탑이 공략된 직후엔 다들 앞다투어 기사들을 냈다.

이윽고 출구 포탈을 통해 수호가 바깥으로 모습을 드러내자 모두들 세이프 라인 바깥에서 플래시들을 터뜨렸다.

찰칵! 찰칵! 찰칵!

"안수호 씨! 여기 좀 봐 주세요!"

"안수호 님! 한마디만 좀 해 주세요!"

"안수호 씨!"

"안수호!!"

탑을 나온 수호는 게이트 클리어와 동시에 깔리는 세이프 라인 안쪽에 섰다.

이곳은 오직 공략자들만이 들어올 수 있는 트로피 단상과도 같은 곳.

수호는 하늘을 올려다보았다.

하늘이 참 맑다.

아직 해도 지지 않았다.

수호가 개운한 표정으로 주위를 둘러보더니 얼마 지나지 않아 얼빠진 표정으로 자신을 쳐다보고 있는 조진휘와 눈을 마주칠 수 있었다.

그를 발견한 수호가 한쪽 입꼬리를 올리며 전화를 걸었다.

수신자는 당연히 조진휘.

발신자를 본 조진휘가 여전히 수호와 눈을 맞춘 채 어색한 모양새로 전화를 받았다.

- 여……보세요?

"어떻게, 이젠 제 말이 믿겨지십니까?"

- …….

할 말이 없었다.

미친놈.

정말로 도전의 탑을 단독 공략해 버릴 줄이야.

그래서일까?

마음이 한결 홀가분해진 조진휘가 자신의 치렁치렁한 머리를 뒤로 쓸어 넘기며 웃었다.

- 당신 존나 미친놈인 건 알죠?

"자신 없으면 지금이라도 말해요. 다른 기자로 갈아타게."

- 큰 사람이 되려면 큰물에서 놀아야 하는 법이죠. 당연히 자신 있습니다.

"좋아요. 차 가지고 왔죠?"

- 예, 가지고 왔습니다.

"노란 페라리 맞죠? 금빛 기레기의 상징. 좀 이따 주차장으로 갈 테니까 시동 걸고 기다리고 있어요."

그 말에 조진휘가 픽 웃었다.

내 차는 또 어떻게 알았냐는 표정이다.

그러나 이내 분부를 받들어 차를 대기시키러 갔고 수호는 다시 한번 주위를 둘러보았다.

그때, 저 멀리서 사람들의 인파를 가르며 웬 검은색 승합차들이 접근하기 시작했다.

멈춰 선 승합차에선 사람들이 우르르 내렸는데 수호는 그들이 누군지 대번에 알 수 있었다.

대헌협 직원들이었다.

그들을 본 수호가 웃었다.

'그래, 왜 안 오나 했다.'

직원들은 이내 인간 울타리를 만들어 사람들의 접근을 막았다.

그리고 그 사이로 정철민이 등장했고 세이프 라인 너머에 서서 수호를 응시하며 전화를 걸었다.

수신자는 당연히 수호였다.

수호가 전화를 받으며 물었다.

"예, 팀장님."

- 수호 씨, 지금 제가 보고 있는 게 꿈인지 생시인지 모르겠어요.

"현실입니다. 팀장님이 약이라도 하지 않으셨다면."

- 제가 그런 걸 할 리가…… 수호 씨는 항상 상상 그 이상의 사람이네요. 그래서 말인데, 같이 협회로 움직여 주시겠어요?

"이유를 여쭤봐도 될까요?"

- 전대미문의 사건이잖아요. 여긴 절대로 공략 안 될 줄 알고 나라에서 공영 게이트로 운영하던 곳이기도 하구요.

"그건 아는데 그렇다고 제가 협회로 갈 이유는 없지 않나요? 명목이 없잖아요.”

안 봐도 뻔했다.

아마 협회장이나 부회장이 자길 잡아오라고 시켰겠지.

이유?

아마 사진이나 찍자고 부른 거겠지.

국회의원 출신인 그놈들은 이미지 관리에 철저하니까.

‘와꾸 대충 짜서 데리고 오라고 시켰겠지. 철민이 형은 그런 일을 많이 했으니까.’

그렇기에 더더욱 협회로 가 줄 생각이 없었다.

가더라도 내 발로 가거나 필요에 의해서 가지, 그 두 놈이 부른다고 대뜸 가서 공짜로 사진 찍어 줄 생각은 조금도 없었으니까.

수호의 말에 정철민이 당황하며 말했다.

- 그렇긴 한데…… 그래도 일의 규모가 규모이니만큼 저희도 조사란 걸 해야 합니다.

“다른 대형 길드에서 하드 게이트를 클리어했을 때도 이런 식으로 조사하시진 않으셨잖아요. 필요한 자료가 있으면 따로 요청 주세요.”

- …….

입을 다무는 정철민.

할 말이 없었기 때문이다.

하지만 정철민은 그렇다고 포기할 생각이 없었다.

그가 힘없는 공무원이긴 해도 젊은 나이에 팀장을 달 수 있었던 건 일을 잘해서였으니까.

- 알겠습니다. 그럼 바깥으로만 저희가 모셔다드려도 될까요? 이런 상황에 잘못 움직이시면 압사 사고가 발생할 수도 있습니다.

"괜찮습니다. 제가 알아서 나갈 수 있어요."

- 네?

"조만간 다시 연락드릴게요, 팀장님."

그 순간.

- 어, 어?

정철민은 당황했다.

분명 눈앞에서 보고 있던 수호가 갑자기 사라졌기 때문이다.

그건 다른 사람들도 마찬가지.

"어, 뭐야?"

"어디로 갔어?"

"뭐지?!"

"야, 안수호 어딨어!"

그러나 수호는 보란 듯이 그들 앞을 지나 도전의 탑을 빠져나왔다.

[무채색 고독이 발동됩니다.]

스탯 업을 위해 합성한 최초의 무무무 덕분에 말이다.

수호는 여유롭게 그곳을 나와 근처 주차장에서 출발 준비를 마친 노란 페라리를 발견하고 조수석에 탑승했다.

갑자기 조수석 문이 열리자 조진휘가 깜짝 놀라며 경계했다.

"아잇! 깜짝이…… 어라? 수호 씨?"

"바로 출발하시죠."

"어, 어떻게 빠져나온 거예요?"

"어떻게 잘 피해서 왔습니다."

"이상하다? 사이드 미러랑 룸미러로 계속 보고 있었는데?"

그걸로 본다고 보일 턱이 있나.

일반인이 아무리 살펴본다 한들 최초의 무무무는 인지 왜곡을 일으켜 버리는데.

이윽고 노란 페라리가 굉음을 내며 출발했고 두 사람은 곧 고속도로로 접어들 수 있었다.

차가 고속도로에 진입하자 조진휘가 품에서 자신의 명함 한 장을 내밀며 말했다.

"정식으로 인사드리겠습니다. PBS 선임기자, 조진휘라고 합니다."

PBS의 기자들은 수습기자부터 평기자, 선임기자를 거쳐 책임기자, 수석기자의 직급이 있다.

그러니 조진휘의 직급은 회사로 따지면 대리쯤 된다는 말.

그 말에 수호도 대답했다.

"안수호입니다. 제 소개는 전화로 미리 드렸으니 더 할 필요는 없겠죠?"

"그럼요. 이미 알려주실 건 다 알려주셨잖아요? 근데…… 뭐 하나만 물어봐도 됩니까?"

"기자신데 당연히 되죠."

"제가 생각을 좀 해 봤는데 도무지 이해가 안 돼서요. 왜 하필이면 공무원입니까? 수호 씨 정도 실력자면 어딜 가든 부르는 게 값일 텐데."

그 말에 수호가 옅게 웃으며 대답했다.

"돈이야 많이 주겠죠. 근데 민간 길드가 아무리 강해 봤자 국가 공권력보다 세겠습니까?"

그 말에 조진휘의 눈이 휘둥그레 커졌다.

이런 식으로 해석하는 사람은 처음 봤기 때문이다.

"진심이세요?"

"진심이죠."

"근데 따지고 보면 힘 자체는 민간 길드가 더 세지 않나요? 국가직 헌터들이랑 모여 있는 전력 자체가 다르잖아요."

"그래 봤자 민간인 헌터일 뿐이죠. 근데 그게 뭐가 그리 중요할까요. 사실 힘만 놓고 보면 진작에 쿠데타를 일으켜도 남을 전력이긴 한데 그렇게 해서 그들이 얻을 수 있는 게 뭐가 있겠습니까? 끽해야 잠깐의 성취감뿐이겠죠. 그들이 진정으로 빛날 수 있는 건 국가가 만들어 놓은 인프라에 속해 있을 때입니다."

"하긴……."

틀린 말은 아니었다.

물론 그들이 미국 같은 해외로 가면 대우야 한국 못지않게, 아니 그 이상을 받을 수도 있겠지만 한국인으로 태어나 한국에서 자란 토종 한국인들이 아무리 외국에서 호화롭게 생활을 한다고 한들 낯선 이국땅에서 완전히 만족하며 살 수 있을까?

대답은 '노'였다.

'돈이나 병역 문제로 해외로 튄 사람들이 왜 끝끝내 한국에 들어오고 싶어 하는데?'

토종 한국인에게 기후도 문화도 다른 낯선 이국땅에서 완전한 만족이란 불가능한 것이었다.

그래서 아무리 초대형 길드 소속 헌터라도 정부를 상대로 선을 넘지 않는 것.

그들이 권력을 누려야 한다면 적어도 한국에서 누려야 했으니까.

수호가 말을 이었다.

"전에도 말씀드렸지만 저는 진심으로 게이트 종식을 원합니다. 하지만 개인이 게이트 종식을 이뤄낼 순 없는 법이기에 소속이 필요한 거고, 전 그 과정에서 가장 효율적인 수단으로 정부를 택한 것뿐입니다."

"흠…… 그렇군요. 그래도 그건 아시죠? 제가 아는 한국 플레이어들 중에…… 아니, 한국 플레이어 역사상 수호 씨만큼 역대급 임팩트를 터뜨린 사람은 없다는 거. 몇몇 있긴 했지만 그래도 수호 씨보단 못했어요."

그 말에 수호는 몇몇 역사적인 스타플레이어들을 떠올렸다.

하지만 그들은 전생에서도 수호에게 인지도와 임팩트에서 밀려난 플레이어들.

별로 놀라운 사실은 아니었다.

수호가 가볍게 고개를 끄덕이며 말했다.

"알죠. 그래서 더더욱 정부 소속이 되려는 겁니다."

"그럼 이번에 치르게 될 공채에 지원하시나요? 근데 아무리 생각해도 수호 씨 정도의 재능을 9급 현장직에 쓰는 건 낭비 같은데요."

"저 9급 안 볼 건데요?"

"네? 그럼 7급 보시나요?"

"아뇨, 전 5급 공채에 지원할 생각입니다."

"……네?"

그 말에 순간 조진휘가 입이 쩍 벌어졌다.

"진심이세요?"

"아까부터 자꾸 진심이냐고 물어보시는데 전 항상 진심

입니다.”

“세상에…….”

“아 참, 이건 기사로 쓰지 마세요.”

“네? 왜요?”

“따로 생각 중인 빌드업이 있는데 지금 공개하기엔 너무 일러서요.”

“혹시 저도 알 수 있을까요?”

“그럼요. 안 될 건 없죠.”

조진휘의 물음에 수호는 자신의 계획을 간략하게 설명해 주었다.

그러자 조진휘의 입이 다시 한번 천천히 벌어졌다.

“아, 그런 계획이?”

“그래서 자제해 달라고 한 겁니다.”

“아이디어 좋네요. 근데 방금 말씀하신 그거요, 좀 전에 생각난 건데 혹시 넥서스 아카데미 장학생이랑도 관련이 있나요? 아니, 그전에 진짜 넥서스 아카데미 출신입니까? 제가 보기엔 아닐 것 같은데.”

그 말에 수호가 웃었다.

“이거, 계약 사항에 있어서 말씀 못 드립니다.”

“에이, 제가 어디 가서 말하고 다닐 것도 아니고. 겨우 이런 정보에 눈멀어서 수호 씨라는 대어를 놓치겠어요? 그럼 완전 소탐대실이지.”

하긴 그것도 맞는 말이다.

그는 금빛 기레기를 떠나 직업적 프라이드가 강한 사람이었으니까.

수호는 유대감도 형성할 겸 그냥 말해 주기로 했다.

유대감 형성에 비밀 공유만 한 게 없었으니까.

"제가 먼저 가서 장학생 제안을 했습니다. 흔한 일이잖아요?"

"역시…… 근데 돈이 많이 궁하셨나 봐요?"

"예, 뭐. 자퇴한 지 얼마 안 됐었거든요."

"아, 맞다. 자퇴하셨다고 하셨죠? 학과 내 부조리 때문에?"

오래된 기억이라 화도 별로 나지 않는다.

이야기가 길어질 것 같자 수호가 자연스레 화제를 전환했다.

"그쪽은 벌써 잊었으니 별로 상관없는 문제고…… 아무튼 어차피 이슈몰이는 계속해서 할 수 있게 도와드릴 테니 기자님은 절 이용해서 단독 보도 많이 하시고 사내에서 힘을 키우세요."

그 말에 이번엔 조진휘가 웃었다.

"절 제대로 써먹으실 생각이시군요?"

"이왕 기자랑 친해지는 거 팍팍 키워서 저한테 유용하게 써먹어야죠."

조진휘가 고개를 끄덕이며 말했다.

"그럼 굳이 뉴스룸 같은 단독 인터뷰 자리는 마련 안 해도 되겠군요. 수호 씨와 관련해서 단독보도만 유지해도 얼마든지 입지가 높아질 테니."

뉴스룸 인터뷰.

수호가 아는 인터뷰 중 가장 최상위 티어로 알고 있다.

허나 그런 거추장스러운 자리는 아직 사양이었다.

"그죠. 전 어차피 기자님 통해서만 오피셜을 낼 생각이라 굳이 일 키울 필요는 없죠."

"그럼 저야 편하고 좋죠. 굳이 특종 찾으러 안 다녀도 되고. 그나저나 집으로 가세요?"

"일단은 그럴 생각입니다."

"괜찮으시겠어요? 지금쯤이면 신상 다 털려서 집 앞에 사람들이 포진 중일 텐데?"

"괜찮습니다. 아까 탑에서 빠져나왔듯이 똑같은 방법으로 들어가면 돼요."

"그러지 마시고 당분간 저희 집에서 지내시는 건 어떠세요?"

"기자님 집에요?"

"이상한 의도로 말씀드리는 건 아니고 제가 혼자 사는데 좀 큰집에서 살거든요. 수호 씨만 괜찮으시면 당분간 거기서 지내세요. 게스트 룸도 잘 꾸며 놨고 경비도 빡빡해서 입주민 아니면 아무나 못 들어오거든요."
"어디 사시는데요?"
"카이저 청담요."
"와우."
카이저 청담.
집값만 수백억을 호가하는 곳으로 프리미엄 주거 단지들 중에서도 손에 꼽히는 곳이라 들었다.
과연 금빛 기레기다운 재력이었다.
수호가 물었다.
"좋은데 사시네요. 근데 그 정도면 보통 금수저는 아니신가 보네요? 블로그를 통해 금수저인 건 알고 있는데."
금수저에도 급이 있다.
근데 카이저 청담은 평범한 금수저가 입주하기엔 여러모로 무리가 있는 곳.
그 말에 조진휘가 조용히 웃으며 말했다.
"보통 금수저라…… 하긴 재벌집 막내아들이면 보통 금수저가 아니긴 하죠."
"재벌집 막내아들요?"
이건 또 무슨 소리야?
수호가 눈을 키우자 조진휘가 별거 아니라는 듯 말했다.
"수호 씨도 말씀 주셔서 저도 말씀드리는 겁니다만…… 대산그룹 아시죠? 제가 거기 회장님의 막내아들입니다."

"네? 하지만 대산그룹 회장님이시면 지금 나이가……."

"첫째 형이랑 둘째 형이랑은 엄마가 달라요. 저희 엄마는 아버지의 첩이었습니다. 그러니까 전 첩의 자식…… 그러니까 서얼이나 서자 같은 거죠. 이제 이해가 되세요?"

"아……."

"이거 회사 사람들한테도 안 밝힌 비밀이에요. 근데 수호 씨랑은 오래 볼 것 같아서 말씀드리는 겁니다. 아, 참고로 아버지한테 이것저것 받긴 했지만 대산그룹 내에선 아무런 영향력이 없어요. 지분이 없거든요. 참고로 자회사 하나 물려주신다는 것도 거절했습니다. 제가 펜대나 굴릴 줄 알지 경영은 젬병이라."

"재밌네요."

"그쵸? 어쩌면 우린 생각했던 것보다 더 친해질 수도 있을걸요?"

그 말에 수호가 웃었다.

공감이 됐기 때문이다.

어쩌면 우린 생각했던 것 이상으로 더 친해질 수 있을지도 모른다는 생각에.

부아아앙!

조진휘의 노란 페라리가 고속도로를 가로지른다.

검신이던 시절에도 좋은 곳은 다 가 봤다고 생각했는데 카이저 청담은 생각했던 것보다 훨씬 더 좋은 곳이었다.

“비밀번호는 알려 드렸고 내 집이다 생각하고 편하게 지내세요. 아 참, 여기 커뮤니티 시설 중에 응급힐러들도 있으니까 필요하시면 이용하시구요. 아, 당연히 프라이버시는 지켜집니다.”

“확실히 비싼 곳은 다르네요. 근데 치료는 제가 직접 하면 됩니다. 못 보셨어요?”

“아…… 진짜 힐러였어요?”

조진휘의 되물음에 수호가 치유의 빛을 선보였고 조진휘가 헛웃음을 터뜨렸다.

“자료를 봐서 알고는 있었는데 사실 별로 믿기진 않았거든요.”

“왜요?”

“대체 어느 나라 힐러가 도전의 탑을 혼자서 깨요? 힐러면 보통 길드 소속으로 들어가서 착실히 레벨 업부터 하지. 아무튼 여기 패드에 커뮤니티 앱 누르시면 식사부터 쇼핑까지 웬만한 건 다 집에서 하실 수 있으실 거예요. 전 아직 근무 시간이라 회사엘 좀 다녀오겠습니다.”

그 말에 수호는 웃음으로 대답을 대신했고 조진휘가 집

을 나선 뒤 그제서야 정말 혼자가 될 수 있었다.

'집 좋네.'

한강이 훤히 보이는 조망에 집 내부도 무슨 특급 호텔 스위트룸 같다.

방은 또 어찌나 많은지…… 과연 카이저 청담이다.

수호는 기감을 풀어 혹시라도 숨어 있을 감시 카메라를 찾기 시작했다.

'소싯적에 감시 카메라 찾아내는데는 도사였지, 내가.'

근데 발견되는 게 하나도 없다.

하긴.

애초에 재벌집 막내아들 집인데 감시 카메라 같은 게 있을 리가.

그래도 돌다리도 두드려 보고 건넌다고 조심해서 나쁠 건 없다.

탐색을 마친 수호는 그제서야 옷을 벗고 샤워를 했다.

그리고 게스트용 옷장에서 셔츠와 바지를 꺼내 입었는데 뭔 놈의 집에 사이즈별로 옷들이 있는지…… 심지어 새 속옷도 구비되어 있었다.

'직업병 같은 건가?'

취재 나갈 일이 많다 보니 동료들의 것까지 챙기는?

덕분에 편하게 환복까지 마친 수호는 금방 소파에 앉을 수 있었다.

상처는 없었다.

여기로 오는 내내 치유의 빛을 사용해 웬만한 상처는 모두 치료했으니까.

수호는 이어 상태창을 켰다.

[안수호]

- Lv : 40
- 클래스 : 치유사
- 근력(R) : 2
- 체력 : 97
- 마력(R) : 2
- 감각 : 40
- 보너스 스탯 : 16

40레벨의 상태창.

하지만 그 밑으로 나열된 것들은 절대로 40레벨의 것이 아니었다.

수호는 그것들을 보고 웃었다.

'이 정도면 완전히 엘리트…… 아니 거의 후계자급 코스인데?'

세상에 스탯을 늘릴 방법은 많다.

하지만 그건 돈 벌 방법이 많다는 것과 같은 개념의 소리라 상당히 막연하고 아무나 할 수 있지는 않았다.

그러나 그럼에도 어떻게든 스탯을 늘리는 사람들이 있었으니 그들은 대개 운이 좋거나, 아니면 거대한 자본을 필두로 대형 집단에서 전문적인 케어를 받는 이들이었다.

보통 헌터를 지망하는 기업의 후계자들이 그랬다.

그래서 후계자급 코스라고 표현한 것.

수호는 16개의 보너스 스탯 중 체력에 우선 투자하여 레드 등급으로 만들었다.

[체력 스탯이 100이 되었습니다.]

[체력 스탯이 한층 더 성장합니다.]

[축하드립니다! 체력 스탯의 레벨이 올라 레드 등급이 되었습니다!]

이어서 하나 더 투자하여 다른 레드 스탯과 마찬가지로 2를 맞춘 뒤 남은 보너스 스탯은 전부 감각에 투자했다.

[안수호]

- Lv : 40
- 클래스 : 치유사
- 근력(R) : 2
- 체력(R) : 2

- 마력(R) : 2
- 감각 : 52
- 보너스 스탯 : 0

상태창을 닫은 수호는 씻기 전에 충전해 둔 휴대폰을 찾았다.

세이프 라인 안에서부터 봤지만 휴대폰 번호는 또 어떻게 알았는지 수호의 번호를 찾은 길드 관계자들과 언론인들의 연락들이 잔뜩 쌓여 있었다.

수호는 그것들을 휙휙 넘겨 보다 재밌는 연락 몇 개를 발견했다.

첫 번째는 넥서스 아카데미장인 김수애를 비롯한 업계 1, 2위를 다투는 프라임과 헥사곤의 연락이었다.

물론 다른 길드들도 있었다.

수호는 그들이 보낸 구구절절, 혹은 어떻게든 강렬한 임팩트를 주기 위해 남겨 놓은 문자들을 조금 살피다가 이내 무시했다.

수호에겐 이미 거취 계획이 있었으니까.

두 번째는 놀랍게도 수호가 자퇴한 체대의 동기들과 선배들이었다.

- 야, 뉴스에 나온 안수호가 너야?

- 유튜브 보니까 너 맞는 것 같던데?!

- 야, 왜 말을 안 했냐 ㅋㅋ!

- 수호야, 나 김춘호라고 하는데 저번에 너 때린 건 미안하게 생각……

이 또한 당연한 수순이었다.

가까이 알고 지내던 사람이 하루아침에 대형 스타가 됐는데 어떻게 연락을 안 하고 베길까?

그렇기에 수호는 이들의 연락도 무시했다.

마지막 세 번째는 정철민의 부재중 전화였다.

시간대를 보니 수호가 탑에서 공략을 진행하고 있을 때였다.

'애간장 좀 녹이셨는 모양이네.'

그러니 직원들까지 대동한 거겠지.

물론 더 큰 이유는 윗선의 압박에 의해서겠지만.

'조금만 기다려요, 철민이 형. 내가 대헌협에 들어가면 그럴 일 없게 해 줄 테니까.'

연락 확인을 마친 수호는 휴대폰 전원을 껐다.

마음 같아선 계속 켜 두고 싶었지만 이미 번호가 노출돼서 그런지 끊임없이 연락이 왔는데 덕분에 배터리가 초고속으로 닳아 없어지고 있었기 때문이다.

'슬슬 새 번호도 하나 뚫어야겠구만.'

내친김에 휴대폰도 하나 더 장만하고 말이다.

번호를 바꾸는 방법도 있긴 했지만 별로 좋은 방법은 아니었다.

번호를 바꾸면 바꾸는 대로 어떻게든 연락을 취해 올 테니 그럴 바엔 차라리 이미 노출된 연락처를 살려 둠으로써 관심을 그쪽으로 돌리는 게 나았다.

내친김에 바로 장만하자고 수호는 조진휘가 말한 거주자 서비스를 통해 휴대폰과 새 휴대폰 번호를 부탁했고 약 한 시간 뒤, 정말로 집안에서 새 휴대폰과 휴대폰 번호를 지급받을 수 있었다.

'준비는 이 정도면 된 것 같고.'

5급 공채가 뜨려면 아직 시간이 한참 남았다.

하지만 그렇다고 여유가 있는 건 아니었다.

수호는 이미 계획을 모두 세워 두었으니까.

'이제 슬슬 그 녀석들을 만나러 가야겠군.'

수호가 나설 채비를 한다.

"시작하자."

"응."

늦은 밤, 서초구 내곡동.

한 건물 앞에 웬 사람들이 조용히 움직이기 시작한다.

사람은 총 넷.

그들은 모두 새카맣고 딱 달라붙는 옷들을 입고 있었는데 옷뿐만이 아니라 머리와 안면 전체를 가리는 마스크를 착용하고 있었다.

그때 그들 중 하나가 창문에 붙어 스킬을 사용했고 이내 창문이 사라지며 사람 하나가 들어갈 만한 문이 생겨났다.

"됐다, 가자."

길을 연 그들은 건물 안으로 침투했다.

감시 카메라 걱정은 하지 않는다.

이미 무력화시켜 두었으니까.

우연이라도 오는 사람도 없을 것이다.

사전 조사는 치밀했고 일부러 아무도 없는 오늘로 날짜를 잡은 것이니까.

침투한 그들은 이내 곧 인벤토리에서 무엇인가를 꺼내기 시작했다.

그들이 꺼낸 것.

다름 아닌 폭탄이었다.

그들이 건물에 폭탄을 깔기 시작한 순간이었다.

"어허, 건물에 폭탄 테러하고 그러면 안 돼."

어둠 속에서 울려 퍼지는 낯선 목소리.

그 목소리에 네 사람은 귀신이라도 본 것처럼 온몸이 정지했다.

분명 아무도 안 올 거라 여겼던 오늘일진대 그들이 작전을 개시하자마자 기다렸다는 듯이 누군가 나타났기 때문이다.

게다가 분명 조금 전까지만 해도 아무런 기척을 느끼지 못했다.

그런데 갑자기 나타난 것이다.

"안녕?"

어둠 속에 낯선 인영의 정체가 드러난다.

낯선 이의 정체는 수호였다.

수호의 등장에 그들 중 하나가 외쳤다.

"도망쳐!"

그 외침과 함께 네 사람 중 하나가 스킬을 발동시켰고 밝은 빛을 내뿜는 포탈이 생성됐다.

그것을 본 수호가 그림자 속에서 창을 뽑아 던졌다.

콰득!

"끄으으윽!!"

날카로운 파공음.

직후에 들린 비명 소리.

집어삼키듯 신음을 내지른 이는 네 사람 중 유일한 여자였다.

여자를 맞힌 게 아니다.

여자의 그림자를 맞힌 것이다.

그녀의 신음에 나머지 세 놈이 화들짝 놀라며 소리쳤다.

"무, 뭐야! 무슨 일이야!"

"들어! 들어서라도 일단 데려간다!"

"내가 들게!"

놀라서 소리친 것과는 별개로 세 사람은 훈련이라도 받은 것처럼 일사분란하게 움직였다.

그러나 여자를 들쳐 업기로 한 남자가 여자를 들어 올린 순간, 자기도 모르게 눈이 확장됐다.

분명 동료들 중 가장 힘 센 사람이 자신일진대 이상하게도 여자가 꿈쩍도 안 했기 때문이다.

당연했다.

어둠 속에서 포탈이 생성된 순간, 녀석들의 그림자는 수호 쪽으로 향했고 수호는 그 그림자를 놓치지 않고 일부러 귀영창을 박아 넣은 것이니까.

[그림자 주박이 발동됩니다.]

상대의 그림자를 물어 고정시키는 스킬인 그림자 주박.

그런 효과가 깃든 귀영창에 그림자를 찔린 이상, 웬만한 강자가 아니고서야 그림자 주박을 탈출한다는 건 사실상 불가능한 일이었다.

그사이, 포탈 앞에서 탈출 준비를 하던 두 놈이 소리쳤다.

"뭐 해! 빨리 안 데리고 오고!"

"자, 잠시만!"

"뭔데!"

"끄으으으으!!"

남자는 고목도 뽑을 수 있는 힘을 가진 사내였다.

하지만 아무리 용을 써도 여자는 꿈쩍도 안 했다.

그와 더불어.

"끄흐으으윽!!"

남자의 손에 붙들린 여자는 남자가 힘을 주면 줄수록 더 더욱 고통에 찬 신음을 뱉었다.

남자의 완력 때문이기도 했지만 그림자 출혈 효과 때문이었다.

그렇기에 남자는 결국 여자를 드는 걸 포기하고 자신의 무기를 뽑아 들었다.

"다들 무기 들어! 저놈이 무슨 짓을 했는지 도저히 안 들려!"

"뭐라고?!"

"이런 젠장!"

최악의 상황이었다.

그도 그럴 게 그들이 짠 시나리오 중 적과의 대치는 최악 중에 최악의 시나리오였으니까.

그런데 그때, 생각지도 못한 일이 벌어졌다.

"너희들이 밴시지? 잠깐 나랑 대화 좀 하자."

밴시.

그 단어의 언급에 네 사람의 눈이 휘둥그레 커졌다.

그도 그럴 게 밴시라는 이름은 자기들 네 사람 말고는 아무도 모르는 단어였으니까.

그러나 수호는 저들에 대해 너무나도 잘 알았다.

밴시는 국내에선 꽤나 악명 높았던 비밀 테러 단체의 이름으로 4명이서 활동하며 수많은 폭탄 테러로 세상을 시끄럽게 했던 녀석들이었으니까.

'뭐, 결국엔 잡히긴 했지만.'

심지어 저들을 잡은 사람이 바로 수호였다.

수호가 양손을 들어 자신의 손이 비었음을 확인시켜 주며 말했다.

"뭘 그리 놀라고들 그래? 아무튼 이야기 좀 하자. 나 혼자 왔으니까."

정말이었다.

아직 대헌협에 들어가지도 않은 시점이었고 평소 친구라 부를 만한 사람도 없었다.

그리고 설령 대헌협에 들어갔다 하더라도 오늘처럼 중요한 일에는 되도록 혼자 다닐 생각이었다.

수호의 말에 밴시들이 서로 시선을 교환하기 시작했다.

당황한 것이다.

그리고 결국 수호가 원하는 것은 이루어지지 않았다.

"죽여!"

세 명이 동시에 덤벼든다.

충동적인 행동이 아니다.

위급 시에 짜 놓은 밴시 최후의 플랜이었다.

수호는 자신한테 덤벼드는 세 사람을 보며 생각했다.

'역시.'

물론 처음부터 대화가 통할 거라곤 생각도 안 했다.

상황이 상황이니만큼 도망치거나 공격하거나 둘 중 하나일 거라고 예상했다.

그래서 혹시 몰라 네 사람 중 한 사람을 인질로 잡아 둔 것.

밴시들이 달려들자 수호는 즉각 스킬을 발동시켰다.

[위압이 발동됩니다.]

그 순간.

"크읏!"

"크으윽!"

"끄윽!"

수호에게 접근하던 세 사람의 움직임이 일순 멈추었다.

용혈이 가진 S급 위압의 효과로 저들의 몸은 몬스터 피어라도 맞은 것처럼 굳었기 때문이다.

'아마 지금 레벨의 밴시들이라면 제자리에 서서 숨이나 쉬는 게 고작이겠지.'

그렇기에 수호는 추가적인 행동 없이 천천히 녀석들에게

게 다가가 하나씩 모자와 마스크를 벗기기 시작했다.

수호가 첫 번째 녀석의 마스크를 벗긴 후 녀석의 얼굴을 보며 말했다.

"김현민. 이동 스킬을 가진 이동 담당이고 직업은 택배 기사."

그런 다음 두 번째 남자의 마스크를 벗기며 말했다.

"서교원. 포지션은 테러에 쓰이는 폭탄 제조 담당, 직업은 중학교 과학 선생님."

그리고 마지막 남자의 마스크를 벗기며 말했다.

"곽두호, 일용직 노가다로 먹고살고 있고 마른 체구와는 달리 팀에서 힘쓰는 일을 맡고 있지."

이제 남은 건 한 사람.

팀에서 유일한 여성 멤버이자 밴시들을 만든 창립자이자 우두머리, 그리고 모든 작전과 행동 수칙을 만든 브레인.

수호는 귀영창에 박혀 꼼짝도 못 하는 마지막 멤버의 마스크를 벗기며 말했다.

"구연화, 한국여대 재학생이고 밴시를 만든 밴시의 실질적인 보스, 그리고 전자기기와 마력 아이템들을 무력화시키는 EMP 능력자, 맞지?"

"허억, 허억…… 그걸 어떻게……!"

"알려면 다 알 수가 있는 법이지. 그보다 내 얼굴을 잘 봐. 내가 누구인 것 같아?"

"오늘 처음 보는데 내가 당신을 어떻게…… 어?"

씹어뱉듯 대답하는 구연화의 얼굴에 일순 놀라움이 번졌다.

그래.

다른 사람은 몰라도 너는 알아봐야지.

너는 팀의 브레인이잖아?

구연화가 말도 안 된다는 표정으로 말했다.

"당신은…… 안수호?"

"그래, 역시 브레인이라 그런지 바로 알아보네. 그러니까 네가 말 좀 해 줘라. 나 이상한 사람 아니라고."

수호가 구연화에게 걸린 위압과 그림자 출혈 효과를 제거했다.

그러자 떨리던 구연화의 호흡이 바로 정상으로 돌아왔고 비로소 편안함을 얻은 구연화가 숨을 몰아쉬더니 이내 고개를 들고 물었다.

"당신, 대체 정체가 뭐야?"

"얼굴 보면 알잖아? 자세한 건 이따 이야기하는 게 어때?"

"우리가 당신을 어떻게 믿고?"

"싫으면 말든가."

"뭐?"

"오늘 하려던 테러까지 포함해서 너네가 여태 저지른 테러만 총 3건. 세 건 다 아직 민간인 피해는 없지만 그래도 재산 피해는 발생했으니 범죄는 범죄지? 경찰은 아직 너희가 저지른 테러에 대해 감도 못 잡고 있던데 난 전부 다 알고 있어. 너희가 어떤 식으로 테러를 저질렀고 어떤 식으로 흔적을 지웠는지 말이야. 그리고 나, 너희들이 사는 곳이랑 주변 사람들도 다 알고 있다. 어때, 이제 대화할 마음이 좀 생겨?"

그 말에 구연화의 눈동자가 크게 떨리기 시작했다.

그래.

네가 아무리 미래의 거물이 될 테러 조직 밴시의 수장이라 할지라도 아직은 거사를 시작한 지 얼마 안 된 한낱 여대생일 뿐.

수호가 나머지 세 놈의 위압을 풀어 주며 말했다.

"너네도 잘 들어. 다시 한번 말하지만 난 정부 쪽 사람도 아니고 너희를 잡거나 해할 생각도 전혀 없어. 그러니까 이야기 좀 하자. 평화적으로."

그 말에 네 사람은 수호를 사이에 두고 서로 시선을 교환했다.

그러더니 이내 구연화가 고개를 끄덕이며 말했다.

"……알겠다."

"좋아, 근데 우선은 장소 이동부터 하자. 여기서 그렇고 그런 이야기를 할 순 없잖아? 그런 의미에서 너희 아지트가 제일 안전하지? 현민아, 문 열어라, 거기까지 택시 타고

갈 순 없잖아."

그 말에 팀에서 이동 담당을 맡고 있는 김현민이 어이를 상실한 표정으로 중얼거렸다.

"……미친."

서울 외곽에 위치한 밴시의 아지트.

그곳에 도착한 수호가 자연스럽게 아지트 내에 비치된 소파에 앉으며 말했다.

"너희 아지트니까 편하게들 앉아. 난 괜찮으니까 너희들 목마르면 뭐 좀 마시고."

수호는 자연스럽게 주인처럼 행동했고 그 뻔뻔한 모양새에 구연화는 잠시 당황했으나 이내 정신을 차리고 수호의 맞은편에 앉았다.

"됐고, 당신 정체가 뭐야? 티비에서나 보던 유명 인사가 왜 갑자기 우리 앞에 나타난 거지? 우리들의 정체는 또 어떻게 알았고?"

"내 개인 스킬이야."

"뭐?"

"내 개인 스킬이라고. 너희 앞에 나타난 것도 너희들의 비밀을 아는 거도 모두 다."

"그게 무슨……."

"왜? 너희들도 다 스킬 한두 개씩은 감추고 있잖아. 감춘 스킬로 테러 활동을 하는 거고. 나도 마찬가지야."

그 말에 구연화는 입을 다물었다.

반박할 말이 없었기 때문이다.

그래서 화제를 돌렸다.

"……그래서 우리한테 원하는 게 뭔데?"

"나랑 같이 일 좀 하자."

"일?"

"혹시 내 기사 인터뷰 본 거 있어? 내가 PBS기자한테 앞으로의 계획에 대해 이야기한 게 좀 있거든."

그 말에 구연화가 고개를 끄덕이자 수호도 고개를 끄덕이며 말했다.

"그럼 대화하기 쉽겠네. 내 목표가 대헌협에 들어가려는 건 알고 있지? 그거 인터뷰용으로 한 말이 아니라 진짜야."

"……뭐?"

수호의 말에 구연화의 인상이 한 번 더 구겨졌다.

그도 그럴 게 상식적으로 이해가 되지 않아서였다.

그러나 수호는 대수롭잖다는 듯 말했다.

"그런 표정 짓지 마. 안 그래도 만나는 사람마다 그거 정말이냐고 물어보는 중이니까."

"그래서 그게 정말이라고?"

"또 물어보네. 그래 정말이야. 심지어 난 이번에 뽑을 5급 공채에 도전할 생각이다."

그 말에 구연화를 비롯한 나머지 세 사람의 눈이 다시 한번 커졌다.

그도 그럴 게 대헌협의 5급 공채는 자격이 부족하면 아예 사람을 안 뽑을 정도로 시험 난이도가 굉장히 어려웠기 때문이다.

"표정들을 보니 5급 시험이 어느 정도인지 다들 아나 보네. 근데 사실이야, 난 5급 시험에 응시할 예정이고 반드시 붙을 거야. 그리고 자리 한두 개를 거쳐서 최종적으로 특수부에 들어갈 예정이고."

특수부.

그 말에 일순 공기가 내려앉았다.

그도 그럴 게 밴시가 창설된 이유가 바로 대헌협의 핵심 부서, '특수부' 때문이었으니까.

수호도 안다.

한때 특수부에 근무했었으니까.

하지만 수호는 전혀 아랑곳하지 않고 제 할 말을 이어 나갔다.

"표정 관리들을 그렇게 못 해서야 평소에 비밀은 어떻게 지키고들 사냐? 걱정 마, 나도 너희들이랑 비슷한 이유로 특수부에 들어가려는 거니까."

"비슷한 이유?"

"인터뷰 봐서 알겠지만 난 게이트 고아 출신이야. 처음엔 재수가 없어서 그런 사고에 휘말린 거라고 생각했지. 게이트 현상은 사람 힘으로는 어쩔 수 없는 재난이잖아? 근데 나중에 보니까 내가 겪은 건 인재(人災)였더라고."

게이트에 따라 다르지만 어떤 게이트는 발생과 동시에 게이트 쇼크를 일으켜 주변을 쑥대밭으로 만든다. 그리고 다른 게이트들처럼 몬스터를 뱉어 내고.

대표적인 예가 수호가 처음으로 단독 공략한 신도림역의 그린레드였다.

그래서 나라에선 협회에 게이트 관리과를 만들어 게이트 발생 징후를 체크하고 충격에 미리 대비해 왔는데 수호는 여태껏 자신의 가족에게 닥친 불행이 발생 징후를 예상하지 못하는 '미전조 게이트'라서 그런 줄로만 알았다.

그래서 게이트와 시스템만 원망했고 게이트와 시스템의 종식을 최종 목표로 삼았다.

그런데 나중에 대헌협에 들어가 높은 자리에 올라가 보니 전혀 아니었다.

그날의 사고는 분명한 인재(人災)였다.

"혹시 포탄이 떨어진 곳에는 다시는 포탄이 안 떨어진다는 말을 알고 있나?"

"알아. 게이트에도 같은 말이 적용되는 걸로 알고 있고."

"맞아. 한 번 게이트가 발생한 곳에는 또다시 게이트가 발생하지 않는다고 하지. 그래서 게이트가 처리된 지역은 세이프존으로 책정되어 땅값이 미친 듯이 오르지."

여기까지 말이 이어졌을 때 구연화의 눈이 커졌다.

"설마?"

"맞아. 정부는 그날 일어날 게이트 쇼크를 이미 알고 있었어. 그런데 일부러 막지 않은 거야. 그 지역에 여러 가지 개발 사업 건이 엮여 있었거든. 난 거기 엮여 있는 연놈들이 누군지 알아. 그래서 대헌협에 들어가려는 거고."

"들어가서 다 죽일 생각인 건가?"

"아니? 법치국가에서 살인은 무슨. 그럴 거였으면 조용히 준비했겠지. 난 다른 방식으로 복수할 거야. 근데 그건 너희들도 마찬가지잖아? 너희들 전부 다 특수부에 원한이 있어서 특수부와 관련된 곳들만 골라서 테러를 저지르고 있는 거고. 그래서 너희들을 찾아온 거야."

이 모든 건 사실이었다.

수호에게 일어난 일도 밴시가 창설된 이유도, 결코 밴시를 꾀어내기 위해 지어낸 이야기가 아니었다.

수호의 말에 구연화를 비롯한 모두의 얼굴이 더 없이 심각해졌다.

수호가 말했다.

"대헌협의 특수부는 대헌협 내에서도 가장 강력한 힘을

가진 곳이야. 그와 더불어 다른 정부부처에도 큰 영향을 끼치는 곳이고, 또 플레이어들에 한해 수사권과 기소권도 가지고 있지. 난 특수부 부장이 되어 놈들에게 정당한 대가를 치르게 할 생각이다.”

수호가 구연화의 눈을 똑바로 쳐다보며 말했다.

“너희들이 하려는 복수, 내가 보다 구체적이고 확실하게 도와줄게. 하지만 그러기 위해선 많은 준비가 필요해. 그래서 너희들을 찾아온 거야. 난 대헌협 밖에서 은밀하게 내 손발이 되어 줄 사람들이 필요하거든. 어때? 이만하면 흥미로운 제안이지?”

할 말은 다 했다.

이중 거짓은 없으며 수호가 밴시를 찾아온 목적에 대해서도 분명하게 이야기했다.

하지만 구연화는 이런 제안을 전혀 예상하지 못했기에 머릿속이 복잡했다.

다른 녀석들도 마찬가지였다.

그때 구연화가 물었다.

“하지만 5급 시험은 굉장히 어려운 걸로 알고 있는데? 실력이 부족하면 아예 한 명도 안 뽑을 정도로.”

그 말에 수호가 피식 웃었다.

“나 안수호야. 그깟 5급 시험이 어려워서 못 붙겠냐? 그리고 이것도 결국 사람이 하는 일이란 걸 모르나 보네.”

"그게 무슨 말이지?"

"대헌협 5급은 필기도 실기도 중요하지만 그중에서도 가장 중요한 건 마지막에 보는 면접이야."

"면접? 그건 1, 2차 붙으면 그냥 붙는 거 아닌가?"

"그냥 붙긴…… 5급쯤 되면 협회장이랑 부협회장의 입김이 얼마나 작용하는지 모르지? 5급이면 최소가 팀장급부터 시작이야. 말인즉, 자기 수족이 될 사람을 뽑기 위해 면접에도 참석한다는 말이지. 그러려면 누굴 뽑겠어? 최대한 자기 눈에 드는 사람을 뽑겠지?"

"그래서? 그 사람들한테 아부라도 하겠다는 건가?"

"못 할 건 또 뭐야? 그리고……."

수호는 조진휘에게 말해 주었던 다음 스텝의 일부를 밴시들에게 말해 주었다.

그러자 네 사람의 눈이 휘둥그레 커졌고 수호가 웃으며 자신의 세컨드 번호가 적힌 종이를 테이블에 올렸다.

"고민 좀 해 봐. 아니면 내가 5급 시험에 합격하는 걸 보고 결정하든지. 하지만 그전에 또다시 테러를 저지르면 그땐 제안이고 뭐고 없던 일로 하고, 내가 직접 너희들을 특수부에 넘길 거다. 그럼 수고."

할 말을 마친 수호가 쿨하게 아지트를 나선다.

대화는 이 정도면 충분하다.

판단은 녀석들의 몫이겠지만 수호는 구연화의 판단력을

믿어 의심치 않았다.

'남은 건 시간을 들여 기다리는 것뿐.'

아마 많이 당황스러울 테지.

그도 그럴 게 녀석들은 여태 그 누구에게도 신변 노출을 한 적이 없는 거의 '유령 상태'와 다를 바 없는 비밀 결사대였으니까.

그렇기 때문에 수호는 더더욱 5급 시험에 붙어야만 했다.

아무리 의심 많은 구연화라 할지라도 정말로 수호가 5급에 붙으면 그들에겐 보다 확실한 복수의 수단이 생기게 되는 것이나 마찬가지였으니까.

밴시와의 첫 만남을 마무리한 수호는 바로 택시를 불러 다음 목적지로 이동하기 시작했다.

밴시도 만났겠다, 이제 다음 계획인 '50레벨' 달성을 위해서였다.

굳이 50레벨을 달성하려는 이유?

간단했다.

50레벨이 되면 플레이어는 처음으로 '특성'이란 걸 개방하게 되니까.

'내 첫 특성은 검의 길이었지.'

특성은 플레이어들의 수준을 한 단계 더 올려 주는 아주 중요한 성장 시스템이었다.

스킬이나 아이템과는 달리 특성은 상시로 발동되거나

큰 마력 소모 없이 이능력을 사용할 수 있었으니까.

그런 의미에서 수호가 가졌던 '검의 길'은 비교적 흔한 특성이긴 했으나 그래도 검사를 지망하는 사람들에겐 반드시 필요하고 더할 나위 없이 중요한 특성이었다.

검의 길은 개방되는 순간 모든 검술 관련 스킬들의 경험치 획득량을 50% 증가시켜 주고 검술과 관련된 모든 보정 효과를 20% 상승시켜 주는 효과를 가지고 있었으니까.

'하지만 이번에는 다른 특성을 획득할 것이다.'

그런 의미에서 수호는 이번에 어떤 특성을 손에 넣을지 이미 정해 두었다.

현재의 사람들은 특성이 그저 랜덤으로 부여되는 것으로 알고 있지만 놀랍게도 미래엔 특성을 획득할 수 있는 특정 공식이란 게 발견됐으니까.

'그때부터 특성 획득을 위한 공식 연구가 활발해졌지.'

물론 수호는 그 공식들을 거의 다 알고 있다.

스쳐 지나가듯 본 것도 기억의 도서관을 통해 모두 복원해냈으니까.

그렇기에 이미 정할 수 있었던 것이다.

세상에는 고작 특성 하나만으로 괴물의 반열에 오른 자들이 많았고, 수호는 그중에서도 가히 사기급이라 칭할 만한 것들을 모두 알고 있었으니.

수호가 탄 택시가 목적지를 향해 미끄러지듯 쏘아져 나

간다.

*

수호가 도착한 곳은 서울중앙혈액원이었다.

과거에는 강서에 있던 중앙혈액원이 몇 번의 게이트 피해로 인해 현재는 유명한 세이프 구역 중에 하나인 종로로 이동됐다.

혈액원에 도착한 수호는 깔끔하게 지어진 혈액원 입구를 둘러본 후 굳게 닫힌 문 옆의 담을 넘었다.

감시 카메라?

신경 쓰지 않는다.

혈액원 곳곳에는 분명 수많은 감시 카메라들이 존재하긴 하나, 수호에게 적용된 '무채색 고독'의 효과 덕분에 감시 카메라를 보고 있는 사람들은 자연스럽게 수호를 인지하지 못할 테니까.

월담에 성공한 수호는 마력감지 스킬을 발동시킨 후 건물 주변을 탐색하기 시작했다.

그러자 건물 한편 구석에 시커멓게 때처럼 끼어 있는 부분이 반짝반짝 빛나는 걸 볼 수 있었다.

'여기군.'

지금은 어두워서 보이지 않지만 마력감지를 사용 중인

수호의 눈에는 똑똑히 보였다.

그림자인 척, 때인 척 숨어 있지만 게이트에서 새어 나오는 특유의 마력 누수 현상을 말이다.

수호는 인벤토리에서 단검을 꺼내 손바닥에 상처를 냈다.

그런 다음 반짝거리는 게이트 일부분에 새어 나오는 피를 쥐어짜 떨어뜨렸다.

후두둑-

핏방울이 떨어진다.

그러자.

우웅!

수호의 핏물이 떨어지자 거무튀튀하던 땟자국이 일순 발광하더니 옅은 빛을 뿜기 시작했다.

[히든 포인트를 발견하셨습니다.]

[조건이 충족되었습니다.]

[히든 게이트를 발견하셨습니다.]

[대단한 업적을 달성하여 시스템이 당신에게 보너스 스탯을 5개 선물합니다.]

[히든 게이트에 입장하시겠습니까?]

이윽고 눈앞에 떠오르는 시스템 알림들.

동시에 게이트로 통하는 포탈이 생성됐다.

그것을 본 수호는 조용히 입꼬리를 올렸다.

자신이 맞게 찾아왔다는 게 증명되었기 때문이다.

허나 조금 아쉬웠다.

만약 회귀 시점이 조금만 더 빨랐더라면 최초로 히든 게이트를 발견하여 '대단한'이 아닌 '위대한' 업적을 얻어 보너스 스탯을 5개 더 얻을 수 있었을 테니까.

그래도 수호는 이 정도면 충분히 만족한다고 생각했고 시스템의 물음에 바로 고개를 끄덕였다.

[게이트에 입장합니다.]

[게이트 정보를 불러옵니다.]

[혈의 누]

- 입장 조건 : 알 수 없음.
- 최대 입장 인원 : 알 수 없음.

불친절하기 그지없는 게이트 정보.

처음에 공략했던 그린레드와 마찬가지로 이곳 히든 게이트 또한 미전조 게이트와 속성 자체는 비슷하니 어쩔 수 없다.

하지만 수호는 조금도 망설이지 않고 포탈 속으로 발을 들였다.

이곳에 대한 정보는 이미 알 만큼 알고 있었으니까.

✻

포탈에 발을 들인 직후 주변 풍경이 섬광 터지듯 일순간에 바뀌었다.

출구는 없다.

입장과 동시에 수호의 몸은 게이트 어딘가에 뿌려졌으니까.

상관없다.

여기가 어디든 결국 끝은 정해져 있었으니.

수호는 캄캄한 주변을 둘러보던 끝에 인벤토리에서 미리 구매해 온 자그마한 천주머니를 꺼냈다.

그런 다음 입구를 묶고 있는 끈을 푼 뒤 허공에 흩뿌렸다.

[발광가루가 발동됩니다.]

발광가루.

횃불이나 전등처럼 주변을 밝히는 아이템들 중에선 상위 티어에 속하는 아이템.

발광가루는 사용과 동시에 형광등이라도 켠 것처럼 주변을 대낮처럼 밝혀 주는 효과가 있다.

지속 시간은 1시간.

효율도 좋고 쓰임새도 다양하지만 단점이 하나 있다면 바로 가격이 비싸다는 것.

하지만 수호는 가감없이 구매했다.

돈 몇 푼 아끼자고 생사가 오가는 게이트 속에서 목숨을 낭비할 순 없었으니까.

주변이 밝아지자 어둠 속에 가려져 있던 게이트 내부의 진짜 모습이 드러났다.

이곳은 거대한 동굴 내부였다.

똑 -

그때, 천장의 종유석으로부터 물이 한 방울 떨어졌고 수호는 천장을 올려다보았다.

그리고 볼 수 있었다.

종유석 사이사이에 날개를 접은 채 붙어 있는 수많은 박쥐들의 존재를.

수호가 눈을 좁혀 박쥐들의 정보를 살폈다.

- 흡혈박쥐 Lv.62

- 흡혈박쥐 Lv.65

- 흡혈박쥐 Lv.61

……

많기도 하다.

레벨은 60대.

20레벨 정도 차이는 가진 스탯으로 어떻게든 씹어 먹을 수 있다.

하지만 그 수가 수십, 수백에 이르면 이야기가 좀 달라진다.

'다구리엔 장사 없다고 했으니까.'

그러나 수호는 자신 있었다.

필요한 준비를 모두 끝마치고 왔으니까.

수호가 손을 뻗자 수호의 그림자로부터 귀영창이 뽑아져 나왔다.

수호는 그것을 바로 잡은 후 투창 자세를 취한 뒤 조금도 망설임 없이 잠든 흡혈박쥐들이 있는 종유석 쪽으로 던졌다.

[투창이 발동됩니다.]

콰직!

투창 효과와 함께 날아간 귀영창은 잠든 흡혈박쥐 하나를 꿰뚫으며 목표로 하던 종유석에 박혔다.

그것은 비명도 지르지 못하고 죽었는데 아무렴 상관없었다.

종유석에 박힌 귀영창이 커다란 진동과 소음을 만들어내며 잠들어 있는 흡혈박쥐 전부를 깨우는데 성공했으니까.

"키이이이!!"

푸드드드드드!!

어느 흡혈박쥐의 울음소리를 시작으로 천장에 붙어 있던 녀석들 전부가 날개를 펼치고 푸득거리기 시작했다.

그 수가 어찌나 많고 시끄러운지 귀가 따가울 지경.

녀석들은 얼마간 공중에서 푸드덕 거리더니 이내 수호

를 향해 활강하기 시작했다.

흡혈박쥐 특유의 송곳 같은 이빨과 보통의 박쥐에게선 절대로 찾아볼 수 없는 날카로운 발톱을 앞세우며.

허나 수호는 녀석들을 보며 조금도 움직이지 않았다.

대신 스킬 하나를 발동시켰다.

[위압이 발동됩니다.]

피이잉!

위압.

몬스터들이 사용하는 피어와 그 궤가 같으며 플레이어가 가진 본연의 기백으로 상대의 마음을 짓눌러 공포와 경직 상태에 빠지게 하는 힘.

허나 상대는 무려 수호보다 20레벨은 높은 존재들로 상식이 있는 자라면 수호의 행동을 더러 무모하다고 비난할 것이었다.

그러나 수호의 위압은 보통 위압이 아니었다.

기존의 A급 위압이 새롭게 얻은 용혈의 추가 효과로 인해 S급으로 격상.

그리고 S등급의 위압은 30개나 되는 레벨 차이를 충분히 커버하고도 남을 만한 힘을 가진 등급이었다.

그 증거로.

[흡혈박쥐가 위압으로 인해 공포 상태에 빠집니다.]

[흡혈박쥐가 위압으로 인해 경직 상태에 빠집니다.]

[흡혈박쥐가 위압으로 인해 공포 상태에 빠집니다.]
[흡혈박쥐가 위압으로 인해 경직 상태에 빠집니다.]
[흡혈박쥐가 위압으로 인해 공포 상태에 빠집니다.]
[흡혈박쥐가 위압으로 인해 경직 상태에 빠집니다.]
……

수호는 빼곡하게 차오르는 시스템 알림과 함께 매가리 없이 떨어지는 흡혈박쥐들을 볼 수 있었다.

"키이이……."

바닥에 쓰러져 꿈틀거리는 흡혈박쥐들.

이것이 위압의 힘이었다.

'역시 일찍이 손에 넣어 두길 잘했군.'

물론 모든 몬스터에게 위압이 통하는 건 아니다.

보스 몬스터나 네임드 몬스터, 혹은 도전의 탑과 같은 특수 몬스터들에겐 위압이 잘 먹히지 않는다.

하지만 제외되는 대상을 감안해도 위압은 충분히 범용성 있는 스킬이었기에 초반에 반드시 손에 넣고자 한 것.

'위압은 몬스터한테밖에 얻을 수가 없고 몬스터들은 높아지면 높아질수록 좀처럼 투지가 꺾이지 않게 설계되어 있으니까.'

수호는 귀영창을 다시 회수한 뒤 쓰러져 꿈틀거리는 녀석들을 차례대로 찔러 죽이기 시작했다.

[흡혈박쥐를 처치하셨습니다.]

[흡혈박쥐를 처치하셨습니다.]
[흡혈박쥐를 처치하셨습니다.]
……

이보다 편안한 사냥법이 있을까?

덕분에 수호는 얼마 지나지 않아 레벨을 하나 올릴 수 있었고 이곳에 있는 흡혈박쥐를 모두 죽여 없앴을 때, 레벨을 세 개나 올리는 쾌거를 이룰 수 있었다.

"상태창 확인."

[안수호]
- Lv : 43
- 클래스 : 치유사
- 근력(R) : 5
- 체력(R) : 5
- 마력(R) : 5
- 감각 : 55
- 보너스 스탯 : 8

스탯이 레드 컬러가 되었어도 레벨이 오를 때마다 하나씩 오르는 규칙은 변하지 않았다.

수호는 획득한 스탯을 전부 감각에 투자했다.

효율적인 면에서 보면 마력이나 체력이 투자하는 게 맞긴 했지만 모든 스탯이 같은 컬러가 되었을 때 또 한 번 세트 효과가 발생하기 때문.

물론 이런 세트 효과를 누릴 수 있는 건 어지간한 보너스 스탯 부자가 아니면 불가능했다.

'다들 메인 스탯 2개 정도만 주력으로 올리는 게 정석이지.'

물론 전생의 수호는 세계적으로 손꼽히는 플레이어였기에 2개가 아닌 3개의 스탯을 관리했지만 말이다.

'하지만 이번엔 모든 스탯을 전부 다 관리할 수 있겠어.'

무리한 욕심이 아니었다.

여러모로 자세한 계산 끝에 도달한 결론이었다.

스탯 분배를 마친 수호는 죽은 흡혈박쥐 전부를 아공간 하우스에 밀어 넣은 뒤 다음 장소로 이동하기 시작했다.

다음 권으로 이어집니다